모가
나서
정 맞은
돌

모가 나서 정 맞은 돌

발행일	2024년 8월 7일

지은이	민돈원		
펴낸이	손형국		
펴낸곳	(주)북랩		
편집인	선일영	편집	김은수, 배진용, 김현아, 김다빈, 김부경
디자인	이현수, 김민하, 임진형, 안유경	제작	박기성, 구성우, 이창영, 배상진
마케팅	김회란, 박진관		
출판등록	2004. 12. 1(제2012-000051호)		
주소	서울특별시 금천구 가산디지털 1로 168, 우림라이온스밸리 B동 B111호, B113~115호		
홈페이지	www.book.co.kr		
전화번호	(02)2026-5777	팩스	(02)3159-9637

ISBN	979-11-7224-225-1 03810 (종이책)	979-11-7224-226-8 05810 (전자책)

(주)북랩 성공출판의 파트너
북랩 홈페이지와 패밀리 사이트에서 다양한 출판 솔루션을 만나 보세요!
홈페이지 book.co.kr • **블로그** blog.naver.com/essaybook • **출판문의** book@book.co.kr

작가 연락처 문의 ▸ ask.book.co.kr
작가 연락처는 개인정보이므로 북랩에서 알려드릴 수 없습니다.

모가
나서
정 맞은
돌

민돈원 지음

북랩

추천사

이후정
전 감리교신학대학교 총장

민돈원 목사님의 이번 세 번째 에세이집을 읽어보면, 그의 진실한 삶의 태도를 신앙의 굳건함과 함께 느낄 수 있습니다. 평소에 항상 책을 즐겨 읽으며 사색하는 목사님의 마음이 막힘없이 우러나오는 글들 속에서 공감과 지혜를 찾아볼 수 있기에 독자에게 큰 유익을 주리라고 믿습니다.

목회자로서 하나님의 말씀이 주는 영감에 의지하고 살지만, 매일의 일상에서 부딪히는 현실의 문제들과 씨름하면서 무엇인가 새로운 개혁과 변화를 갈망하는 신앙의 도전을 글 속에서 읽게 됩니다. 편견과 오만, 극단적인 선동이 은연중에 난무하는 오늘의 한국 상황에서, 어떻게 하나님의 사람으로서 겸손하면서도 용기 있게 책임을 감당할까 하는 순수한 의지가 이 에세이 속에 묻어나고 있습니다.

신학교 때 가르치면서 민 목사님을 보았을 때 멋진 사나이라는 생각을 했었습니다. 그 기대감을 채워주시고 있는 목회 현장에서 목사님은 꿋꿋하게 진실을 밝혀나가는 신앙의 기개를 펼쳐 왔습니다. 감리교의 본산인 강화에서도 우리 교회의 역사적 정체성을 회복하는 거룩성 회복 운동에 헌신하는 것을 보면서 역시 본질과 뿌리로 돌아가는구나 하고 기쁨과 함께 격려를 보내고 있었습니다.

오늘 한국의 개신교회는 진정 회개와 갱신을 갈망하고 있습니다. 하지만 그것은 결코 조직과 세상의 이념을 가지고 가능한 것이 아닙니다. 그것은 하나님의 생명과 진리의 영이신 성령을 충만히 받은 하나님의 사람들의 신실한 희생과 투신을 통해서만 가능하기 때문입니다. 성령을 좇아 행하라고 하신 사도 바울의 말씀대로 오늘의 교회와 신자들은 정욕에 매여 옛사람의 방식인 육신의 만족을 추구하는 데서 돌이켜 하나님의 새 사람으로 변화되는 놀라운 역사를 경험해야 할 것입니다.

민 목사님의 신앙 에세이집을 기쁘게 추천하면서 많은 독자가 공감하고 유익을 얻는 즐거운 기대와 소망을 품어봅니다. 오래고 진실한 섬김의 목회와 생동적인 개혁 운동의 체험을 통해 목사님이 얻어낸 신앙생활의 빛나는 지혜와 가이드라인들이 오늘을 사는 모든 독자들에게 긍지와 힘을 실어주는 축복의 기회가 되기를 간절히 소망합니다.

강문호

충주 봉쇄 수도원장

또 민 목사님이 3번째 홈런을 쳤습니다.

목사들은 설교집이나 성경 공부 교재를 만들라고 하면 능숙합니다. 그러나 에세이집을 출판할 만한 여유와 공간은 목사들에게 주어지지 못합니다.

민 목사님은 남이 보지 못하는 것을 보는 예민한 독수리 눈을 가지고 있습니다. 사회 부조리를 책망하는 세례 요한의 입술도 겸비하였습니다. 비성경적인 것을 바로잡으려는 불타는 가슴도 소유하였습니다. 불신자들에게 은밀히 예수님적 삶을 보여주는 지혜도 있습니다. 지나가는 사건 속에 들어 있는 하나님의 섭리도 가려내는 귀도 있습니다. 참으로 탁월한 감리교에 자랑스런 목회자입니다.

풀을 베는 자는 들판 끝을 보지 않습니다. 향료는 으깰수록 향기가 나는데, 민 목사님은 시간이 지날수록 좋은 책을 더하고 있습니다. 물은 길이 없다고 멈추지 않는데 지칠 줄 모르는 전진에 찬사를 보냅니다.

꿈은 욕심이 아니라 방향입니다. 앞으로 더 기대가 큽니다. 하나님의 은총의 깃발은 민 목사님을 향하여 계속 펄럭일 것입니다. 샬롬.

주승중

주안장로교회 담임목사, 숭목회 대표회장

민돈원 목사님은 항상 소년의 감성을 지닌 순수하고 정의로운 목회자입니다. 대학 시절부터 남다른 정의감으로 시대의 불의에 저항하였고, 학생회 회장으로 동료와 후배들을 이끈 리더이기도 합니다.

감리교 신학교를 졸업하고, 목회 현장에 들어가서도 개체교회를 혼신의 힘으로 섬김은 물론 감리회 거룩성 회복을 위한 기도회와 모임을 주도하며, 교단과 한국교회 갱신을 위해 애쓰는 실천하는 목회자이기도 합니다.

이뿐 아니라, 목회와 교단 사역의 바쁜 와중에도 모교 숭실대학교 목회자 모임인 숭목회 공동회장과 대학본부의 대학평의회 부의장으로 섬기며 이 시대 기독교 대학이 처한 그 시대적 소명을 잘 감당할 수 있도록 기도와 노력을 아끼지 않는 열정적 목회자입니다.

이런 바쁜 와중에서도 민돈원 목사님은 『월간 창조문예』 수필가로 등단하여 이번에 세 번째 에세이집을 내놓게 되었습니다. 지난해 출판한 두 권의 에세이집에서 목회 단상들과 한국교회의 문제들을 차분히 기록하여 독자들로 하여금 한국교회를 돌아보고 기도할 수 있는 좋은 도전과 자극을 갖게 해주었습니다. 이번에도 민돈원 목사님의 순수하고 민감한 목회 단상과 삶의 지혜가 독자들에게 한국교회를 정화하고 아름답게 하는 통찰력을 얻는 기회가 될 것을 확신합니다.

박사,
전 이스라엘 예루살렘 대학 총장,
전 아시아연합신학대학교 총장,
전 KBS 교향악단 사장,
전 서울유니온교회 담임목사,
현 에티오피아 시바의 여왕 땅 발굴단장

민돈원 목사는 목사이다. 목사가 목사라니…. 이 책 속에 그가 들어 있고, 그는 이야기하고 있다.

그의 이야기는 아이들 얘기 같기도 하고, 어른들에게 이렇게 해보라고 교훈을 하는 것 같기도 하고, 독백 같기도 하고 연설 같기도 하다.

그런데 그 모든 이야기는 그가 목사임을 드러내고 있다. 그는 개인의 인성에 대해서, 가정에 대해서, 그리고 더 나아가서 사회와 국가에 대해서 좀 잘되었으면, 좀 더 잘했으면, 더 나아졌으면 하는 간절한 마음, 즉 목사의 마음으로 이런 이야기들을 전개하는 것 같다.

그는 공자니, 안병욱이니, 인터넷 기사니 등을 인용하며 이야기를 풀어나가지만 실은 그건 자신의 속내를 드러내기 위한 도구일 뿐이고, 그런 방법으로 자신이 말하려고 하는 내용의 신빙성을 확고하게 하는 것이다.

이 책은 그의 손에 들려 있는 강단(講壇)이요, 그가 세상을 향하여 던지는 설교단(說敎壇)이다. 믿을 수 없는 정보가 범람하고, 종교 밖을 방황하는 설교자들이 많은 이 시대에 곧게 한 길로, 사람을 좋은 길로 변화시키는 길에 매진해온 한 목사의 이야기들을 읽는 사람은 마음과 영혼에 내리는 단비의 축복을 경험할 것이다.

임승안
현 몽고국제대학교 부총장, 전 나사렛대학교 총장

개인적으로 존중하고 아끼는 목사요 수필가인 민돈원의 세 번째 에세이집을 읽으면서 느끼는 감회를 나누게 되어 매우 기쁩니다. 저자의 이번 에세이를 읽노라니 한 편의 시가 연상되었습니다. 미당 서정주(1918~2000)에 대하여 세간에 이런저런 말들이 오가지만 이 책이 마치 '한 송이의 국화꽃'처럼 느껴졌습니다. '한 송이의 국화꽃'이 피어나기 위해 소쩍새가 울고, 먹구름 속에서 천둥이 또 그렇게 울어야 했고, 마침내 가을이 다가오니 무서리가 저리 내리고 잠도 오지 않았습니다.

이처럼 내용 중의 제1부 29편과 제2부 23편 하나하나가 '한 송이의 국화꽃'이었습니다. 불안과 혼란과 무질서의 시대를 아픔으로 사는 저자의 글에 담긴 공감력 있는 진통이 저와 같은 속인의 심장도 두근거리게 합니다. 52편 속에서 '자연과 사람과 사회 그리고 하나님'과 연결되는 연줄을 봅니다. 오염된 회색빛 하늘을 가로지르며 끊어질 듯 끊어지지 않고 오히려 청명하게 날도록 합니다.

저자는 개인과 교회, 가정과 학교, 사회와 나라, 자연과 생명 등이 엄동설한을 지내면서 혹독한 몸살을 앓고 있음을 예리하게 대언합니다. 한반도의 정치와 경제와 사회, 문학과 문화와 예술, 아날로그와 디지털과 디지로그, 노년과 중년과 청년과 청소년, 어제와 오늘과 내일 등을 '유대인과 이방인' 구별 없이 넘나듭니다. 다면적이고 단순하고 직선적인 그의 생태적 기질이 이 작품 속에서 고스란히 묻어나고 있습니다. 언어의 마술사이기에 그의 글은 참신하고 지루하지 않습니다. 정직한 글이기에 언제나 싱그럽습니다. 이러한 특성은 저자의 멘토일 수 있는 존 웨슬리(1703~1791)의 영향일 수 있습니다. 프랑스의 역사학자 할레비에 의하면 영국이 프랑스와 달리 피 흘림 없는 혁명이 가능할 수 있었던 것은 웨슬리의 영향이라는 것입니다. Henry Rack에 의하면 웨슬리는 신앙의 '기본과 원칙(Methodist)'을 엄격하게 중시하지만, 가난하고 병들고 소외된 사람들에게는 항상 자비를 베풉니다. 웨슬리의 이러한 기질과 성품이 52편 곳곳에서 묻어납니다. 웨슬리는 당시에 철저하게 보편적 가치관을 중시하였습니다. 저자가 그러하기도 합니다. 영국국교회의 '전통과 성경과 이성과 경험'을 중시하였지만, 교회는 물론 사회개혁을 위한 복음을 위해서라면 웨슬리는 과감하게 혁신적이었습니다. 영국교회가 금지한 노방전도를 과감하게 시도하고, 감독의 고유권위를 넘어선 안수목사(Elder)에 의한 안수를 시도하였으며, 영국교회의 목사로서의 직분을 일평생 고수한 근본적 이유는 그의 핵심 가치, 복음전파를 위해서였습니다. 수필가로서의 저자 역시 보편적 가치를 중시합니다.

그렇기에 그의 수필은 '이성적이고 열정적인 사람(Reasonable Enthusiast)'만이 뿜어내는 맛이 진합니다. 옥스퍼드에서 철저한 교육을 받아 이성을 중시하면서도 사람의 경험을 철저히 중시하는 현실적 지도자 웨슬리의 가르침이 감리교 목사로서의 저자의 이번 에세이 52편에 녹아 있습니다. 민돈원 에세이의 특징은 '자연과 개인뿐만 아니라 사회와 특히 나라와 교회를 중요 소재로 삼되 역사와 양심에 담긴 보편적 가치를 혁신적 언어로 아름답게 풀어내는 문학의 한 장르'를 저자만의 창의적 기법으로 구현해낸 독특한 작품이기에 세대를 초월하여 일독을 권합니다.

오충연

숭실대학교 국문학과 교수

이 책에는 목회자의 눈으로 보는 세상과 교회가 담겨 있다. 이 책의 저자는 작고 미세한 것들을 놓치지 않고 사회적인 문제로서 예리하게 지적한다. 저자는 세상에 경종을 울리듯, 교회 안의 문제도 감추지 않고 비판한다. 이 책은 목회자의 관점과 진술이지만, 세상과 함께 생각하고 소통하는 이야기이다. 그래서 이 책을 읽기 위해서 세상으로부터 분리된 차원의 시각을 고집할 필요는 없다.

이 책의 1부는 학교와 교회에 대해서 평범한 우리들 누구나가 생각해보았을 법한 이야기를 풀어간다. 이 책의 저자는 대학교의 대학평의원회 부의장이기도 해서 학교 현장의 실제적인 문제들을 접하는 분이다.

2부에서는 목회자의 진솔한 고뇌와 선한 의지가 실려 있다. 때로는 아픈 마음이 기술되어 있기도 하고 때로는 희망을 보여주기도 한다.

저자인 민돈원 목사님은 존경받는 목회자이자 순수하고 섬세한 감수성을 지닌 분이다. 독자 여러분께 민 목사님의 이야기를 차분히 읽어보시기를 추천하는 일이 참으로 즐겁고 영광스럽다.

소기천

장신대 신약학 은퇴교수,
광나루 언덕에서 예수 말씀에 관한 영어 주석 집필 중

한 주 전에 18년 된 집 안의 모든 문고리를 레버형으로 바꾸었습니다. 문고리만 바꾸어도 새집입니다.

그리고 난 후 이 책을 읽으니 공교롭게도 이심전심이랄까 바로 그 내용으로 시작합니다. 낡아서 고장 나고 아내가 화장실 안에서 문이 잠겨 밖에서 책받침으로 여는 위급한 상황만 생각했는데, 이 책은 초기 하이데거의 인간 실존을 넘어서 후기 하이데거의 존재와 관계까지 두루 사색합니다.

1980년대 대학 시절에 수필가로 등단한 저자는 프롤로그에서 정감 어린 청계천 7080 헌책방의 추억을 소환하며 독자들을 아날로그의 감성으로 초대합니다. 이 세상에서 책을 은인이라고 의인화하며 추켜세우는 작가는 얼마나 있을까요? 그만큼 저자는 이 책을 통하여 수많은 책과 교감한 열매를 보여줍니다.

2023년 한 해 동안에 세 권의 책을 출판한 저자는 이 책에서 왕성한 사고를 직관에서 출발하지만, 그 여정은 깊은 울림을 주는 심상을 그리며 영혼의 눈을 크게 뜨게 하는 하늘의 영감으로 나아갑니다. 땅의 것만 구한다면 이 책은 스치고 지나가겠지만, 영적인 것을 추구하기에 다시 곱씹고 읽게 하는 즐거움과 매력이 넘칩니다.

부모 세대는 일제 시대와 6·25 전쟁이 가장 비극적이지만, 저자에게는 2020년 8월에 문재인 정부가 코로나를 핑계로 대면 예배를 금지한 것이 신앙인으로서 가장 뼈아픈 경험으로 여기고 행정법원에서 잘못된 결정이었다는 판결도 소개합니다. 분별력을 잃은 어느 목회자가 동성애를 지지하는 퀴어 퍼레이드에서 축복식을 거행한 것도 저자에게는 커다란 고통이었습니다.

우리 집에서 큰 며느리가 네 번째를 손주를 임신하였다고 간이 테스트기를 페이스북에 올렸더니 '임산부가 애국자'라는 전철의 핑크 자리를 올려서 축하해주신 작가는 소소함을 넘어서 나라가 직면한 인구절벽을 안타까워하는 이 시대의 진정한 애국자로서 보편적 가치를 외면하는 목회 현장을 일갈하며 이 책을 통하여 반성을 촉구합니다.

교회는 이단처럼 각자도생이 아니라, 2천 년을 이어온 거룩한 공동체로 오직 예수님의 사랑에 매여 하나님 나라의 복음 전파에 매진해야 하는 예수꾼이 되어야 하기에 감리교의 모태인 영국 성공회가 동성애를 옹호하는 실패를 넘어서 오직 십자가의 사칙 연산으로 이 책을 마무리하는 저자는 성경에 기초한 신앙의 논리만이 인생을 살찌운다는 확신이 가득 차 있습니다.

작가는 다양한 삶의 무게를 지나치지 않고 고민하며 해결 방안을 찾기에 그 문제의 해답을 함께 고민하는 독자가 일반인이든, 목회자든, 평신도든, 아니면 나라를 책임질 정치인이든, 혹은 타 종교나 이단에 빠진 종교인이든 이 책을 탐독하기를 권합니다.

내가 가는 길이 보이지 않으면 작가가 걸어간 길이 덧없는 인생에 영감과 '생:명'을 주시는 예수님을 보여주기 때문입니다.

천정수

해군중앙교회 장로, 예비역 해군 소장

사람은 대체로 자신의 생각과 가치 기준에 따라 세상을 평가하고 판단한다. 하지만 우리는 얼마나 많은 오류를 범하며 살아가고 있는 존재인지 모른다! 바다의 파도는 우리의 눈에 보이지 않는 바람에 의해 만들어진다.

그런데 그 바람은 어디에서 시작되었을까? '그러므로 흔히 아무리 내가 보았다 할지라도 기어코 우기려는 자세는 결코 바람직하지 않으므로 삼가야 한다. 가까이서 볼 때와 멀리서 볼 때 공자가 제자에게 한 것처럼 이렇게 큰 오해를 불러일으킬 수 있다.'(본문에서)

이처럼 사람은 실수할 수 있고 잘못 판단할 수 있기 때문이다. 이 책은 우리가 처한 상황이 아니라 그 이원에 있는 삶의 원리를 생각해보게 한다. 이웃까지 돌아볼 여유가 없는 각박한 삶, 여러 지식이 넘치는 현 세상을 살아가는 우리가 이 책을 통하여 나를 돌이켜 볼 수 있는 기회가 되리라 생각한다.

이현규

강화 화도초등학교 교장

민돈원 목사님을 알게 된 것은 본교 한 학생 때문이다. 가끔 연락을 하지 않고 학교에 나오지 않는 경우가 있어 학교에서는 항상 신경을 쓰고 있었다.

언젠가 이 학생이 또 학교에 나오지 않았을 때 민돈원 목사님께서 직접 학생의 가정을 방문하여 학교에 보낸 적이 있다. 참 고마웠다. 그로부터 얼마 후 민돈원 목사님이 시무하시는 교회에 가서 교회도 구경하고 목사님도 만나뵈었다.

3집 수필집을 읽으면서 어느 것 하나 버리지 말고 마음에 잘 담아두어야겠다는 다짐을 해본다. 일상의 삶 속에서 사람에 대한 배려, 섬김, 비난과 판단하지 않기, 사람에 대한 따뜻한 사랑 등에 대한 글들이 하나님의 말씀과 함께 큰 공감으로 마음에 새겨진다.

"초 1학년이 이런 책을 읽어도 되나?"라는 글에서는 학생 교육 현장에 있는 내게 우리 어린아이들이 바로 자라나도록 책 한 권도 잘 살펴야겠구나 하는 생각을 하게 되었다.

이 수필집은 이 시대의 그리스도인이라면 누구나 꼭 읽어보았으면 좋겠다. 하나님의 말씀을 사랑하고 말씀대로 살기를 바라는 목사님의 외침이 가득하다. 마치 이사야 선지자나 예레미야 선지자의 모습을 보는 것 같다.

한 사람의 그리스도인으로서 하나님의 말씀을 삶으로 살아내며 외치는 목사님의 모습이 참으로 존경스럽다. 한편으로 통장에 잔고를 쌓아놓고 목회를 해본 적이 없다는 말씀에서 목회자의 삶이 안쓰럽다는 생각이 들기도 한다.

지난번 문산감리교회를 방문했을 때 교회 앞에 있는 큰 바위에 새겨진 '오직 예수'라는 글귀가 잊히지 않았다. 오늘 목사님의 수필집을 읽으면서 큰 바윗돌에 새겨진 '오직 예수'를 민돈원 목사님에게서 다시 보게 되었다.

프롤로그

1980년대 대학 재학 시절 학교 도서관에서 독서주간 표어 공모전이 있었습니다. 이에 관심을 두고 응모했습니다. 그때만 해도 지금과는 달리 전 국민 스마트폰 시대가 아닌지라 책 읽는 모습을 흔히 볼 수 있는 시대였습니다.

그때 응모한 표어가 지금도 생생하게 기억에 남아 있습니다. 왜냐면 당선작으로 뽑혔기 때문입니다. 더욱이 평소 생활하면서 얻은 힌트를 표어로 옮겼기에 추상적인 내용이 아닌 삶의 실제를 담은 표어였습니다. 그 표어는 "오고 가며 읽은 책이 평생 나의 은인 된다"였습니다. 어느 날 강의실을 옮기던 중에 중앙도서관 외벽을 바라보았는데 현수막이 바람에 나부끼고 있었습니다. 그런데 그 현수막 내용이 바로 내가 응모한 표어였습니다. 그 당시 얼마나 가슴이 뿌듯했는지 모릅니다. 나중에 당선작이 되었다고 초대받아 선물도 받은 기억이 납니다.

한편 1980년대만 해도 특별히 서울 청계천 상가 도로 양옆에 길게 늘어선 진풍경 중의 하나는 수백 곳의 서점가였습니다. 주로 대학 교재 중 고가의 새 책보다는 중고 교재를 구입할 경우 넉넉지 못한 형편에 있는 학생들에게는 으레 그곳을 찾게 되는 희망이었습니다.

가장 안타까운 것은 그 많은 서점이 1980년대 후반부터 폐업이 늘면서 2000년대 들어 인터넷의 발달, 스마트폰 시대가 된 지금은 사라지고 말았습니다. 책방이 사라졌다는 건 그때보다 지금은 전문서적 책이 아닌 교양, 인문학, 철학, 문학 등 삶을 깊이 있게 하고 풍요롭게 하는 독서량이 현저하게 줄었다는 뜻입니다.

1980년대 당시 청계천 중고서점가

돌이켜 보건대 내 손에 늘 책이 있었는데, 캠퍼스 도서관에서는 물론 야외에서도 지하철이나 버스에서도 책을 가까이하는 좋은 습관이 몸에 뱄던 게 오늘 책을 출판할 수 있는 밑천이 된 겁니다. 감사한 것은 지난해 제1·2집 에세이 출판과 동성애 전문 학술서적인 『신학자, 법률가, 의학자 16인이 본 동성애 진단과 대응 전략』(감리회거룩성회복협의회 편찬, 458페이지 분량)을 편찬한 데 이어 이번에 에세이 제3집을 내놓을 수 있게 된 것입니다. 이번 출판의 가장 큰 밑거름도 더듬어보니 책을 좋아하고 독서하는 습관을 통해 하나님이 특별히 내게 주신 은혜임에 감사할 뿐입니다.

수십 년 전 책을 은인처럼 여겼더니 그 책들이 내게 은혜를 베풀어주었습니다. 다름 아닌 세월이 흘러 세간에 제1·2·3집 세 옥동자를 분만케 한 듯한 다산의 기쁨!

이처럼 무슨 일이든 열정과 비전을 품고 관심을 가지고 꾸준히 노력하면 어느 시점, 때(카이로스)가 되어 반드시 이루어진다는 인생의 교훈을 체험적인 삶을 통해 얻게 됩니다.

내가 책을 쓸 수 있도록 가장 큰 영향은 받은 건 이미 작고하신 숭실대 철학과 고 안병욱 교수님(1920~2013)의 책을 학교 도서관에서 접하면서부터였습니다. 그 선생님의 나라 사랑, 시대를 깨우쳐주는 인생록, 사상집을 읽고 그리고 강의를 들으면서 가졌던 생각이 내 마음을 움직였습니다. 선생님은 생전에 "자신의 키만큼 책을 쓰고 싶다"라고 하셨습니다. 아마도 그러고도 남았을 겁니다.

그러나 그 무엇보다 가장 결정적인 아이디어는 하나님의 말씀을 통해 주신 영감입니다. 성령의 감동을 통해 주신 소재들이 그저 내 스스로 생각을 짜낸 것이라기보다는 생활 속에서 무심코 흘려보내지 않고 사물을 보다가 떠오르는 착상을 메모했다가 글로 옮기는 경우가 있고, 사람과 만나 대화하다 드는 생각을 좀더 묵상하다가 글로 남기기도 했으며, 그리고 이 시대 명암의 현실을 목도하면서 개혁의 의지를 품고 세상을 향한 외침 등 다양한 소재들이 이번 제3집 속에 고스란히 녹아 있습니다.

바라기는 이 글을 통해 한 시대 사심 없이 만나 밤을 지새울지라도 꼭 대화하고 싶은 분들이 있습니다. 작금의 무너져가는 보편적인 가치에 마음 앓이 하는 분들, 동시에 희망의 다음 세대를 만들어가고자 이 시대를 향한 책임의식을 가지고 거룩한 의분을 품되 존경과 배려의 넓고 열려 있는 마음을 지닌 분들이면 환영합니다.

그런 그들과 함께 이 책을 통해 우리가 사는 대한민국이 하나님의 택함 받은 민족으로서 세계를 품고 겸손하게 섬기는 선교 한국의 강국이 되어 복음 통일로 하나 되는 그날이 오기를 기도합니다.

끝으로 이번 제3집이 출판되기까지 도움을 주신 분들의 수고를 마음에 간직합니다. 바쁘신 중에도 아낌없는 격려와 추천사를 써주신 이후정 총장님, 개신교 영성의 보기 드문 충주 봉쇄수도원 강문호 원장님, 세계적인 고고학자 고세진 박사님, 주안장로교회 주승중 목사님, 최근 몽고 국제대학교 부총장으로 부름받으신 임승안 박사님, 숭실대 국문학과 오충연 교수님, 장신대에서 은퇴 후에도 활발한 저술 활동을 하시는 소기천 교수님, 나라와 민족을 위해 전역 후에도 우리나라 해군의 위상을 높이시는 천정수 제독님, 그리고 어린이들을 사랑으로 품으시는 이현규 교장 선생님께 머리 숙여 감사드립니다. 아울러 출간에 기도와 지지로 옆에서 도와준 제 아내와 두 아들, 물질로 도와준 민성자 여동생을 비롯하여 수고해주신 북랩출판사 편집, 디자인 팀 등 관계자분들께도 감사하고 축복합니다.

2024년 여름
책이 은인이 된 저자
민동원

차례

제1부
세상과 소통하고자 한 단상들

제2부

거룩한 방파제로서의 교회

제1부

세상과 소통하고자 한 단상들

배려의 착상

　종전에 문고리 손잡이를 보면 하나같이 위에 있는 좌측 사진
처럼 원형 손잡이였다. 물론 손가락이 있어서 무심코 사용한 사
람들에게는 이 둘의 차이가 무엇이 크게 다르랴? 할지 모른다.
하지만 곰곰이 생각해보면 큰 차이를 발견하게 된다.

　우선 가장 큰 차이는 원형 손잡이로 된 문을 열려면 적어도 최
소한 손가락 두 개 이상은 있어야 한다. 그리고 손가락에 힘을

주어야 한다. 그런데 손가락이 없는 장애인, 또는 팔이 없는 장애인을 생각해보았는가? 이들은 원형 손잡이를 잡고 돌릴 수가 없다. 반면에 우측에 있는 레버형 손잡이는 손가락이 없고 심지어 팔이 없는 장애인이라 할지라도 다른 신체 부위, 예컨대 머리 또는 발 등을 이용하여 레버를 살짝 누르면 문을 열 수가 있다.

아마 모르긴 몰라도 원형 손잡이를 최초 만든 사람은 문 여는 것만 생각했고, 수익성만 생각했는지 모른다. 그러나 레버형 손잡이를 최초 창안한 발명가는 아마도 위에서 언급한 바와 같이 단순히 수익성만 생각하는 데 머물지 않고 어쩌면 손이 없는 장애인을 염두에 두었을 것이라는 생각이 든다. 누군가를 배려하고자 했던 그 생각을 한 사람의 위대한 발견이 온 사회에 희망을 준 것이다. 이처럼 생각을 달리하면 희망이 보인다.

나는 이 사실을 안 이후 교회 곳곳에 있는 원형 문고리 손잡이를 그다지 어렵지 않은 일이기에 일부 새 제품을 구입하여 모두 레버형으로 교체했다.

우리 주위를 돌아볼 때 이와 같이 남을 배려하면 희망을 주는 일들이 대단한 일을 해서가 아니다. 조금만 관심과 애정을 가지고 살펴보면 얼마든지 그런 착상을 할 수 있는 아이디어를 얻을 수 있다. 예컨대 얕은 냇가를 건널 때 나만 건너기보다 한 발짝 건널 때마다 기왕에 내 뒤따르는 다음 사람을 위해 디딤돌을 하나씩 놓고 건넌다면 얼마나 멋지고 고마운 길이 되겠는가?

따라서 장사하는 사람은 재물의 이익을 남기기보다 먼저 생각할 게 있다. 그것은 사람을 남기는 장사를 할 줄 알아야 천박한 장사꾼이 아닌 존경받는 사업가가 될 수 있다. 국회의원은 굉장한 대우를 받는 권력자다. 그런 점에서 반칙과 권모술수가 아닌 정직과 신뢰로 국민의 공복으로서 섬길 줄 알아야 한다. 왜냐면 국회의원 한 명당 보좌관 둘, 비서관 일곱 명 등 총 아홉이나 두고 있기 때문이다. 따라서 막대한 혈세를 축(縮)내는 정치꾼이라는 지탄을 받지 않으려면 무엇보다 존경받는 정치가로 인정받을 수 있는 겸손하고 품격 높은 언어 매너를 갖추어야 한다고 본다.

아! 문고리 손잡이 하나로도 이렇게 훈훈한 사회를 만들 수 있거늘 우리가 하는 말 하나로도 예컨대 창조적인 말, 건설하는 말, 생산하는 말, 그리고 살리는 말, 남을 높여주고 세워주는 말…. 이것이 "마음의 가득한 것을 입으로 말한다"는 예수님의 가르치심이었다. 입은 하나, 귀는 둘, 이는 말하기보다 경청하는 것을 두 배로 하라는 뜻이렸다. 갈수록 보편적 가치가 무너져 가는 삭막한 오늘을 사는 우리 사이에도 누군가를 위해 배려의 착상으로 희망의 사회를 만들어가는 전주곡들이 여기저기서 울려나기를….

손의 예찬

어느 날 몇몇 소녀들이 모여서 한 달 기간 예쁜 손을 만들어 그중에서 한 사람을 뽑기로 했다. 소녀들은 저마다 자신의 아름다운 손을 가꾸기 위해 한 소녀는 아침 이슬로, 또 한 소녀는 꽃가루로, 그리고 다른 한 소녀는 신선한 우유로 그들의 손을 매일매일 가꾸어나갔다. 어느덧 약속한 날짜가 되어 이들은 다시 모이게 되었다. 이들은 서로 자기 손이 곱다고 다투고 있었다. 때마침 이 광경을 지켜본 천사가 판결을 맡게 되었다. 천사는 이 세 소녀를 모두 물리치고 의외로 남의 집에서 종살이 하느라 두툼하고 터진 손이 부끄러워 감히 내밀지 못하고 있던 한 소녀의 손을 가장 곱고 아름다운 손으로 선발했다는 '고운 손 내기'라는 동화에 나오는 마음 훈훈한 이야기이다.

우리 신체 중에서 손처럼 다양하게 쓰이는 말이 또 있을까? 그래서 손에 관한 재미있는 말들도 무척 많다. 이에 대한 내용 중

많은 에세이를 펴낸 숭실대 철학과 교수를 지낸 고 안병욱 교수 (1920~2013)는 그가 쓴 『행복의 미학』이란 책에서 손에 관한 예찬론을 폈다. 그 일부를 소개하면 다음과 같다.

> …손은 천재다. 사람은 손에 의해 대표된다. 그래서 사람이 부족한 경우 **'일손이 부족하다'**라고 하며, 어떤 일에 특별히 뽑힌 사람을 **'선수(選手)'**라고 부르며, 어떤 일에서 관계를 끊을 때 **'손을 뗀다'**라고 말한다. 또한 옆에서 자기를 도와주는 사람을 조인(助人)이라고 부르지 않고 **'조수(助手)'**라고 부른다.

이 밖에도 손에 관해 흔히 쓰는 관용적인 표현들이 적지 않다. 예를 들면 누군가와 약속하여 만날 날짜를 두고 기다릴 때 '손꼽아 기다린다'라고 말한다. 집을 찾아오는 반가운 사람을 가리켜 '손님'이라고 부른다. 또 서로 사업을 위해 누군가와 또는 나라와 나라 사이에 동맹관계를 맺을 때 '손을 잡는다'는 말을 쓴다. 서로 인사하는 뜻에서 '악수(握手)'한다고 말한다. 어떤 일이 쉬울 때 '손쉽다'라고 한다. 이삿짐센터에서는 '손 없는 날' 이사 비용을 2배로 받는 게 불문율처럼 되어 있다. 회의에서나 어떤 모임에서 자신의 의사 표시를 할 때 손을 들어 알린다. 이처럼 손은 그 사람을 대표할 뿐만 아니라 한 나라도 대표한다는 사실을 알 수 있다.

이렇게 보니 어릴 때 친구들과 놀면서 시간 가는 줄 모르고 무척 재미있었던 추억의 놀이 역시 손으로 하던 놀이가 많았다. 아마 시골 출신들이라면 그때의 추억을 쉽게 떠올릴 수 있을 것 같다. 예컨대 공기놀이나 땅뺏기 놀이, 가위바위보 게임, 또 돌로 하는 비석치기, 구슬치기, 돈치기, 잣치기, 연놀이, 불놀이, 뜨개질 등….

이렇게 보니 우리 민족의 특징은 일찍이 손에 관한 한 일가견이 있었던 것이 아닐까?

아마도 이 점에서 오래전부터 우리나라 민족은 이처럼 발달한 손을 가진 재능이 있었기에 오늘날 우리나라가 IT와 ET 산업의 강국이 되었다고 해도 과언이 아닐 것이다.

그렇다면 이제 우리 이 손으로 서로를 섬겨주는 손의 명수가 되어보면 어떨까?

지금까지 하드웨어 경쟁력을 가진 제품을 만드는 솜씨 있는 손도 중요하지만 이에 따라 상대적으로 소홀해지기 쉬운 소프트웨어인 우리 마음에서 우러나오는 마음씨 좋은 사랑의 수고가 있는 손, 내가 먼저 내민 용서의 손, 남을 축복하는 손, 격려하고 위로해주는 손, 그리고 몸과 마음이 상한 자를 치유할 때 안수하는 손이 됨으로써 병든 자가 고침을 받고, 행복한 가정을 이루어가며, 또한 따뜻한 이웃이 되어줌으로써 우리 모든 국민이 이 사회에 산 소망을 만들어 가는 희망 바이러스의 대사, 행복 바이러스의 대사가 되었으면 한다.

케미가 다른 사람 용납해주기

영화나 드라마에서 출연한 배우 둘 사이에 조화가 잘 맞을 때 또는 잘 어울릴 때 지칭하는 말로 '케미(chemistry의 준말)'라는 말이 있다. 이런 뜻에서 종종 쓰는 말로 나와 케미가 맞는 사람이란 나와 마음에 맞는 사람이란 뜻이다. 반대로 나와 케미가 맞지 않는다는 말은 나와는 마음에 안 맞다는 뜻이다.

그런데 살아가노라면 내 마음에 딱 맞는 사람이 과연 몇이나 있을까? 그러다 보니 조금만 자기 마음에 안 맞으면 이러쿵저러쿵 나아가서는 시시콜콜 남의 말하기를 일삼아 살아가는 게 부인할 수 없는 우리의 자화상이다. 그런데 그런 사람이 대개 주변 사람이고 가까운 곳에 있는 사람이 주 대상이다. 사실 친하다고 매일 번질나게 만나 얘기하는 것만은 아니다. 마음에 맞는 사람이 꼭 가까이 있는 것만도 아니다. 오히려 멀리 있는 경우가 적지 않다. 반면에 의외로 원수가 되고 미워하는 사람은 먼 데 있기보다 평소 만나고 있는 사람인 경우가 대부분이다. 그러다 보니 마음에 안 맞고 싫은 사람에 대해 입에 달고 살고, 만나면 얼굴 붉히고 이것도 성이 차지 않아 그를 또 다른 사람에게 말 옮겨 번져간다. 그 이유가 무엇일까? 그렇게 하는 데는 몇 가지 이유가 있다.

첫째, 그 일 외에는 특별히 자기 삶에 중요하게 집중하는 일이 없을 정도로 한가하기 때문이다.

둘째, 자기의 낮은 자존감과 함께 자신의 존재감을 더 나은 사람을 향해 흠집 냄으로써 자신이 재판관처럼 되어 무언가 자신의 존재를 다른 방법으로 드러내 보이려고 하는 헛된 공명심 때문이다.

셋째, 하나님이 인간을 그의 형상대로 선하게 창조하였으나 죄로 인해 하나님의 성품을 떠난 인간이 하나님의 관점으로 상대방을 보기보다 자기 마음대로 재단한 나머지 미워하고 시기하는 죄성 때문이다.

넷째, 자라면서 가정에서 또는 누군가로부터 당한 피해의식이나 상처가 치유되지 않은 채 무의식 속에 잠재된 게 분노로 남아 있다가 어떤 상황이나 계기가 되면 또다시 재발하여 그 상처가 치밀어 올라 공격적 성향이 나타나는, 일종의 피해망상이다. 이런 이들은 인지 부조화 내지는 건강한 자아 인식의 결핍이다. 따라서 정서적인 올바른 멘탈 관리와 심리치료가 필요하다.

위에 언급한 그런 사람들이 그렇게라도 하고 사는 것을 그대로 두고 넘기기에는 여러 사람의 피해가 따를 수 있기에 주님의 마음을 가지고 함께 인내하며 풀어가야 할 문제다. 이에 대한 해법으로 다음과 같은 노력이 필요하다.

\# 상대방을 있는 모습 그대로 받아주는 너그러움, 10가지 흠만 보고 비난하기보다 1가지 장점이라도 보고 격려하려는 자세.

\# 자기 내면의 억압된 분노나 치유되지 않은 상처가 무엇인지 진솔하게 흉금 없이 터놓고 얘기할 수 있는 동료나 영적 스승과의 시간 필요, 나아가 성령의 강력한 기름 부으심의 치유를 도움받으면 좋다.

\# 그리고 예수님이 용서하신 것처럼 미움이 아닌 용서의 마음이다. 용서하지 않고 계속된 미움의 간직은 사단에게 속는 것이기 때문이다. 조금만 내 멘탈을 바꾸면 의외로 타인의 희망이 보인다. 그리고 이렇게 나를 축복하고 상대방을 축복하는 것도 좋은 방법이다.

'나는 하나님 보시기에 좋은 사람이다.' '하나님이 당신을 만드셨으니, 하나님의 입장에서 용납하도록 노력하겠습니다.' 샬롬!

비난보다는 존경

사람은 누구나 행복하게 살기를 원한다. 더군다나 대한민국 헌법 10조 조문에도 행복추구권이 보장되어 있을 정도로 고귀하다. 그런데도 어떤 사람은 행복하게 사는 사람이 있는가 하면 반면에 그렇지 못하게 사는 사람이 병존한다. 그러한 행복의 기준도 저마다 개인차가 있다. 예컨대 행복의 조건이 다르고 행복의 컨셉이 어떠하느냐에 따라 만족도가 다르다.

여러 조건 가운데 자식 하나를 놓고 보자. 예나 지금이나 자식 키우는 건 어려운 일이다. 하지만 그런 만큼 자식을 통해 행복하기도 하고 불행할 수도 있다. 그중에서 자기 자식을 향해 남들이 곱지 않은 시선을 보내며 신랄한 비난으로 부모의 포텐셜을 끌어내려 반사이익을 얻으려는 비정한 모습을 고위 공직자 청문회 때마다 종종 접하곤 한다. 그럴 때마다 불을 더 지르면서 '맞아 맞아! 그런 사람이 감히 무슨 자격이 있다고…' 하기보다는 '아하! 무슨 사연이 있나 보다. 얼마나 힘드셨을까? 얼마나 마음 아프셨을까…?'라고 하면서 공감하면 얼마나 좋겠는가?

한편 18세기 영국 사회를 변화시킨 위대한 복음 전도자요 신학자요 목회자요 사회개혁가인 존 웨슬리 목사님의 가정을 두고 비난만 하는 사람은 이렇게 말할 것이다. "도대체 어떻게 목사가 결혼도 실패하고 의부증 부인이 있었담! 가정도 다스리지 못하면서 무슨 말을 타고 세계를 전도하러 다닌다고 그래…?" 이럴 때 곁에 있던 비슷한 사람이 맞장구치면서 "맞아 맞아! 자신도 변변치 못하면서…." 그렇게 말하기보다는 누군가 그 말을 꺾고 "오! 지성과 영성이 세계적인 웨슬리 목사님도 부인만큼은 맘대로 되지 않으셨나 보다. 그 힘든 일정을 소화하느라고 우리가 이해할 수 없는 사정이 있으셨겠지…?" 하는 마음이 훨씬 아름다워 보인다.

사실 우리 주위에 가까운 사람들 사이에서도 그런 일을 흔히 목격한다. 사회적으로 뛰어나고 너무 훌륭한 잠재적 가능성과 탁월하게 빛날 영성을 소유한 사람이 그 타깃이 되기도 한다. 그로 인하여 역사를 움직일 사상과 정신 가치를 한순간에 뭉개버릴 수 있다는 사실을 왜 망각하는지 모르겠다. 남을 끌어냄으로써 그 순간 한 시대를 이끌어갈 지도자, 예컨대 교육자, 목회자, 사상가, 예술가, 과학자 등 아까운 인물을 놓치고 마는 셈이다. 사단은 잘한 게 10가지여도 못한 것 하나 가지고 틈만 있으면 생트집 잡고 끌어내리고 비난하기를 주기적으로 일삼는다. 이런 자들은 육신의 생각으로 사는 자요, 악한 영에 사로잡힌 자들에게서 볼 수 있는 특징이다.

그러나 정신적으로 건강한 사람은 못하는 게 10가지여도 잘한 게 하나만 있어도 지지하여 용기를 주고 격려한다. 기왕이면 사기를 꺾지 않고 힘을 실어주는 천사와 같은 역으로 살아야 하지 않겠는가?

예컨대 "남편은 괜찮은데 아내가 왜 그 모양이야? 아내는 괜찮은데 남편이 왜 그래? 부부는 괜찮은데 자녀들이 왜 그래? 자녀들까지는 괜찮은데 그 집 강아지가 왜 그래…?" 그런 식으로, 이런 그대에게 강아지가 이렇게 항의한다. "왜 그렇게 짖어대! 왜 그토록 사납게 짖어대냐고…?"

먹을 게 많은 우리 민족

어느 날 인터넷 사이트에 '세상에서 가장 맛있는 한 끼는 마음먹기다'라는 재밌는 글을 보았다. 우리 민족처럼 먹는 걸 좋아하는 민족이 지구상에 또 있을까 싶을 정도로 식성이 좋다. 먹기도 잘하고 몸에 좋다면 뭐든지 가리지 않을 정도이다 보니 먹는 재미로 산다는 말도 나왔나 보다. 그래서 금강산도 식후경이란다. 그런가 하면 한자어에서 사람을 대표할 때는 물론 사람과 관련되어졌을 때는 반드시 입 구(口) 자가 들어간다. 예컨대 食口, 人口, 出入口, 非常口, 窓口, 突破口….

우리 민족의 인사 또한 어떤가? 아침에 만나 첫인사가 예로부터 지금도 옛 어르신들 인사를 들어보면 '진지 잡수셨습니까?'였고 오늘날도 흔히 지인들 만나 건네는 인사말이 '식사하셨어요?'이다. 아마도 너무 가난에 찌들어서 끼니를 제대로 이어갈 수 없는 때가 있었기 때문이리라. 이런 배경에 연유해서 그런지 우리

말에 특이한 표현이 '먹었다'라는 어미를 붙여 통상적으로 의사 소통하는 재미있는 말들이 적지 않다.

이에 대한 대표적인 실례 중에 하나를 기억한다. 1974년 홍수환 선수가 당시 WBA 밴텀급 챔피언 남아프리카공화국의 아널드 테일러를 이기고 세계 챔피언이 되었을 때 그의 어머니와 전화로 주고받은 유명한 말이 그것이다.

"수환아, 엄마야."

"엄마야? 나 챔피언 먹었어!"

그때 홍수환 선수는 그렇게 말했던 이유에 대해 "내가 이겨야 우리 엄마가 식당에서 (고된 일 하느라) 쟁반 안 나르니까, 나는 배가 고팠단 말이에요"라고 훗날 그 당시의 일화를 소개한 적이 있다. '헝그리 복서'라는 말도 그 당시 복싱 선수에게 회자하는 흔한 말이었다. 승리할 때도 먹었다는 이 특징적인 표현 방식은 우리말에서만 볼 수 있는 독특한 어의(語義) 변화다. 이 밖에도 훨씬 더 다양함을 다음의 몇 가지 예를 보면 우리 한국 사람은 무슨 뜻인지 굳이 해석하지 않아도 다 알 수 있을 만큼 통용되는 표현들이다.

예컨대 맨 위에서 언급한 것처럼 마음먹었다를 비롯해서 나이 먹었다, 써먹었다, 겁먹었다, 더위 먹었다, 귀먹었다, 애먹었다, 골(goal) 먹었다, 골탕먹었다, 해 먹었다, 돈(뇌물) 먹었다, 욕먹었다, 빌어먹었다 등등.

한편 이처럼 우리나라 사람은 오죽이나 먹을 것이 없던 이른바 보릿고개 시절을 우리 선조들은 물론 현재 적어도 50대 정도까지는 겪으며 살아왔다고 본다. 지난날 이처럼 사회적인 절대빈곤에 시달려 살아온 데 기인하여 이러한 언어문화가 정착되지 않았을까? 하는 생각이 든다. 소나무 껍질, 들에 핀 이름 모를 갖가지 식용 열매, 산에 가면 산딸기, 정금, 개암, 오디, 보리수 열매(일명 파리똥) 등 별의별 것들….

심지도 않고 거두지도 않은 것들인데도 나름 자연에서 나는 먹을 것도 그런대로 많은 민족이었다. 그래서일까? 먹는다는 의미도 다양하게 쓰이고 있음을 볼 때 이런 데서 연유한 것이 아닌가 싶다. 반면에 절대로 먹어서는 안 되는 것이 있고 꼭 먹어야 할 것이 있음을 본다.

기왕 먹으려면 잘 먹어야 한다. 요즘은 시중에서 파는 것도 함부로 살 수 없는 시대가 되었다. 따라서 옛날과는 달리 많고 싼 것을 고르지 않고 비싸고 적게 먹더라도 무공해, 저공해 식품을 선호한다. 건강에 해롭고, 때로는 치명적인 영향을 주기 때문이다.

밥상의 음식만 그런 게 아니라 진정으로 그렇다면 이런 걸 먹어야 산다. 성경에 우리 말과 친근하게 하나님 말씀을 먹었다라는 표현이 나온다. 하나님이 에스겔 선지자에게 당시 이스라엘의 패역한 모습을 보여주면서 상징적인 표현 방식으로 말씀하시기를 "내게 이르시되 인자야 내가 네게 주는 이 두루마리를 네 배에 넣으며 네 창자에 채우라 하시기에 내가 먹으니 이것이 내

입에 달기가 꿀 같더라"라고 하셨다.

　이 점에서 우리가 진정으로 살길은 인간의 주장이나 견해가 아닌 변치 않는 절대적인 하나님 말씀을 먹고 사는 데 있음을 알아야 한다. 왜 그런가? 하나님 말씀은 영원히 지옥에 떨어질 죽을 인생을 구원하여 영생으로 인도하는 살리는 말씀이기 때문이요, 내 인생을 바꾸는 놀라운 능력이요, 그것은 우리의 병든 몸과 마음, 나아가 이 병든 사회를 고치고 회복시키는 치료의 말씀이기 때문이다.

눈의 한계성

공자(孔子, B.C. 551~479)는 일생 3,000여 명의 제자를 두었다고 알려져 있다. 그중 수제자에 가까운 안회(顔回, B.C. 521~490)라는 제자가 있었다.

한번은 제자들과 함께 채(蔡) 나라로 가는 중에 먹을 것이 떨어져 고통을 겪게 되었다. 이레 동안 쌀 한 톨 입에 넣지 못하고 채소로 연명하다 어느 마을에 도착하여 잠시 쉬어가기로 했다. 공자가 깜박 잠이 든 사이에 안회가 쌀을 구해다가 밥을 지었다. 이윽고 잠에서 깨어난 공자가 멀리서 바라보니, 안회가 솥에서 밥을 집어 먹고 있었다. 평상시 스승이 수저를 들기 전에 결코 먼저 먹는 무례한 일을 한 적이 없었기에 놀랐다. 얼마 후 안회가 상을 차려 공자에게 가져와 권하자, 공자는 이를 못 본 체하며 일어나 말하기를, "방금 꿈속에 돌아가신 아버님을 뵈었다. 밥을 깨끗이 한 후에 올리고 싶구나." 안회가 대답하여 말하기를, "안 됩니다. 아까 솥 안에 재티가 떨어졌는데, 밥을 버리는 것은 상서롭지 못한지라, 그곳을 걷어내느라 먹었습니다." 멀리서 먹는 것만 본 공자는 재티가 떨어져 더러워진 부분을 걷어내느라고 먹은 제자의 마음속 깊은 사정까지 알 리가 없었다. 이에 공자는 안회를 의심한 자신을 후회하여 다른 제자들에게 말했다.

"눈은 믿을 수 있지만 그 눈도 믿을 수가 없고, 마음은 의지할 수 있는 거지만 그 마음마저 의지할 수가 없다. 너희들은 명심하여라. 사람을 안다는 것이 이토록 쉽지 않은 일인 것임을…."

이처럼 우리 눈은 아무리 본다고 하지만 얼마나 잘못 판단하고 오해하기 쉬운가에 대한 교훈을 주는 일화다. 공자는 제자 안회가 밥을 먹는 것을 똑똑히 본 것은 맞다. 그래서 '감히 예의 없이 스승보다 먼저 밥을 먹다니?' 하면서 순간 오해하고 의심한 것이다. 하지만 왜 그랬는지 그 제자 마음속을 들여다볼 수는 없었다. 더욱이 밥 속에 그 재티가 떨어진 것까지는 알 수가 없었다.

그러므로 흔히 아무리 내가 보았다라고 해도 기어코 우기려는 자세는 절대 바람직하지 않으므로 삼가야 한다. 가까이서 볼 때와 멀리서 볼 때 공자가 제자에게 한 것처럼 이렇게 큰 오해를 불러일으킬 수 있다. 하물며 본 적도 없으면서 누군가에게 들은 것만 가지고 어떤 사람을 판단하고 정죄한다면 대단히 경박한 행위다.

아울러 내 마음 역시도 마찬가지다. 자기 마음을 믿는다고 하는 사람이 종종 있다. 하나님이 인간의 마음이 어떤지 보여주신 그 실상이 어떤지를 제대로 모르기 때문이다.

만물보다 거짓되고 심히 부패한 것은 마음이라….

(렘17:9)

여기서 부패하다라는 히브리어 원어 '아나쉬'는 '병들다, 고칠
수 없다'라는 뜻이다. 즉 우리 마음속에 성령의 내주(內住), 예수
님의 마음을 품지 않고서는 병든 마음에서 벗어나기 힘들다.

그러므로 우리 눈과 마음의 연약함과 한계성을 인정해야 한
다. 그리고 평상시 만나는 사람들의 심령 속에 제한 없으신 거룩
한 영이 위로부터 임하여 눈과 마음이 새로워지기를 서로 기도
하며 축복하는 삶을 살아가자.

돈으로 살 수 없는 가치

이 세상은 돈으로 얼마든지 살 수 있는 것들이 많다. 그런가 하면 돈으로 살 수 없는 것들 또한 이에 못지않게 많다.

이렇게 돈으로 살 수 없는 것들을 잘 들여다보면 중요한 것은 돈으로 살 수 있는 것들보다 더 가치 있고 존귀하며 의미 있는 것들이다.

예컨대 다음과 같다.

돈으로 호화로운 침대는 살 수 있으나 단잠은 살 수 없다.
돈으로 병원은 살 수 있으나 건강은 살 수 없다.
돈으로 사람의 몸은 살 수 있으나 그 속의 영혼은 살 수 없다.
돈으로 고급 승용차는 살 수 있으나 안전은 살 수 없다.
돈으로 책은 살 수 있으나 진리는 살 수 없다.
돈으로 맛집은 살 수 있으나 입맛은 살 수 없다.

돈으로 여행 비행기 티켓은 살 수 있으나 여행의 즐거움은 살 수 없다.

돈으로 달콤한 초콜릿은 살 수 있으나 달콤한 사랑은 살 수 없다.

돈으로 화려한 결혼식장은 살 수 있으나 행복한 결혼식은 살 수 없다.

돈으로 코미디언은 살 수 있으나 웃음은 살 수 없다.

돈으로 큰 집(house)은 살 수 있으나 달콤한 가정(home)은 살 수 없다.

돈으로 교회 건물은 살 수 있으나 천국은 살 수 없다.

돈으로 혈액은 살 수 있으나 예수 그리스도의 보혈은 살 수 없다.

이렇듯 돈으로 살 수 있는 것보다는 살 수 없는 것들이 더 가치 있고 의미를 지닌다. 나아가 사람을 움직이고 세상을 아름답고 행복하게 만든다.

인생(人生)

인생은 일생(一生)이다.
한 번 살다 세상을 떠난다.

인생은 나그네다.
이 세상에 빈손으로 왔다 빈손으로 떠난다.

인생은 천국을 향한 순례다.
그 영광스러운 여정을 향해 숱한 험지도 넘어서고, 고난도 감수해야 한다.

인생은 사계절과 같다.
봄의 새싹처럼 태어나, 여름 같은 뜨거운 청춘을 불태우다, 삶의 열매 맺는 가을을 지나, 차디찬 겨울의 동면에 들어가 부활의 새날을 맞는다.

인생은 경기하는 선수다.

세상이란 운동장에서 룰을 지키며 선의의 경쟁을 하는 선수 같다.

인생은 배우다.

세상이란 무대 위에서 관객들이 지켜보는 가운데 자신의 기를 발휘하는 배우 같다.

인생은 오케스트라다.

저마다 가진 자신의 재능으로 협연하여 최상의 인생 작품을 연출하는 연주자들과 같아서다.

그대는 시간의 청지기, 재물의 청지기, 젊음의 청지기, 사명의 청지기 그리고 남이 없는 것 그대가 받은 재능의 청지기 직을 다하고 있는가?

인생의 최고 가치

어쩌다 먹으면서도 되새겨보게 하는 흥미로운 몇 가지가 있다. 예컨대 호두과자 속에는 호두가 있으나 붕어빵 속에는 붕어가 없다. 또한 어린이들이 좋아하는 과자 고래밥 속에도 고래가 없다.

그런데 상품만 그런 게 아니라 어떤 이름이나 주장하는 사람 속에도 마찬가지다. 민주라는 허울 좋은 이름과 구호 속에 반민주 세력들이 적지 않다. 겉으로는 요란하게 평화 몰이하는 자들 가운데도 대한민국을 불안하게 하는 가짜 평화가 적지 않다.

그런데 이러한 행태는 기독교, 예수교라는 이름이 있는 곳에도 마찬가지다. 즉 그리스도 예수가 없는 사이비, 가짜가 한둘이 아니다. 그러나 한 가지 분명한 사실, 그것은 진짜가 있으니 가짜가 있는 법, 따라서 이러한 유사품에 주의하기 위해서라도 진리에 대한 영적 분별력이 너무나 절실한 때다.

한편 전에는 국가대표 이영무 당시 축구 선수가 골을 넣고 기도하는 장면을 TV 화면에 자연스러우리만치 빈번하게 거부감 없이 비춰주었다. 그런가 하면 골잡이 박주영 선수 전성시대 때도 역시 골 넣은 후 기도하는 장면을 심심찮게 목격할 수 있었다. 그런데 지금 TV는 언제부턴가 몇 년 전부터 그런 주님의 신적 권위와 그의 이름을 높이는 장면은 거의 찾아보기 힘들다.

그 대신 오늘날은 인권과 자유가 극대화되다 보니 '성 소수자' 코스프레로 퀴어 음란 집회 등 걸러내야 할 선정적인 장면을 수익과 흥행 사업에까지 끌어들인 지 오래다. 그래도 되는 건지 여과 없이 어린이들에게까지 무차별적으로 방영하고 있다. 예전 같으면 방송공연윤리심사위원회에서 방송금지 명령을 내렸을 만한데도 지금은 손을 쓸 수 없을 정도까지 와 있다. 도리어 이에 대해 방송사 앞에서 시정 내지는 중단을 촉구하는 정상적인 요구를 하고 시위를 해도 메이저 언론사, 방송사는 태연자약(泰然自若)할 정도로 막강한 강자가 되어 안하무인격이다.

따라서 오늘을 사는 건강한 그리스도인들의 삶이 유명무실하지 않도록 진리를 추구하고 이에 근거한 내실에 주력해야 한다. 그리고 거룩한 믿음의 열매를 맺기 위해서는 영상물은 물론 영적으로 부패하고 괴악한 자들과의 접촉도 유의해야 할 필요가 있다. 이 세상을 살아가면서 신실한 신앙의 친구, 동역자, 스승을 얻는 것보다 더 소중한 가치가 어디 있으랴!

세 가지 물결에 대한 대비

강남 입시 학원가 수억대 초호화 연봉을 누리고 있는 일명 일타 강사들, 학원장들이 1980년대 이른바 운동권 출신으로 밝혀지고 있다. 국회 교육위원회 소속 국민의힘 김병욱 전 의원이 지난해 한 라디오 프로에 출연해서 한 얘기다. 항간의 소식에 의하면 수백억대의 강사도 있다고 하니 아연실색하지 않을 수 없다.

결국 김 전 의원의 말을 토대로 해석한다면 이들 상당수가 전교조로 교육 현장을 장악하다시피 하고 있다는 얘기다. 기가 막힐 노릇이다. 교육 현장뿐이겠는가. 프롤레타리아 혁명 노선으로 지금에 와서 이들이 이미 절대다수가 정계에서 막강한 영향력을 행사하고 있는 것을 비롯하여 앞에서 언급한 교육계, 노동계, 방송 문화계 등 전 영역에서 헤게모니를 잡고 그들이 1980년대 그토록 타도를 외쳤던 가진 자들의 돈과 권력을 세월이 흘러 되레 장악하고 있다니 이율배반이요 자기모순이다.

이거야말로 역사의 아이러니다. 하지만 지금은 프롤레타리아 혁명이 아닌 문화의 옷을 입은 이른바 '성 혁명'으로 전략을 바꾸어 나라를 온통 혼란에 빠트리기 위해 교회 안에까지 침투해 있다. 이들은 자유민주주의 체제, 시장경제, 이승만의 기독교 입국론의 소중한 가치 등을 부정하는 레드 칼라와도 연결되어 있다. 나아가 변질된 무지개 칼라로 이미지화한 동성애 지지자들이 성소수자 피해라는 용어 프레임으로 퀴어 퍼레이드를 벌이며 절대 강자가 되어 거리를 활보하고 있다.

이에 대해 오스기니스는 서구 몰락의 이유를 세 가지 물결로 요약한다. 즉 '붉은 물결인 공산주의, 무지개 물결인 동성애, 그리고 검은 물결인 이슬람 세력의 확장'이다.

예컨대 이러한 싸움은 '사상전쟁, 문화전쟁, 역사전쟁'이다. 우리는 불가피하게 이 전쟁을 해야만 하는 현실에 직면해 있다. 이러한 시국에 진리로 무장한 교회가 깨어 일어나 방파제를 구축하지 않으면 마지막 보루인 가정과 교회, 그리고 국가를 해체 내지는 개편하고 전복하는 일을 저들은 가속화할 것이다.

북이스라엘에 이어 남 유대마저 마지막 멸망하기 직전 시드기야 왕 때의 수치스러운 당시 상황을 교훈 삼아야 한다. 다시 말해 성전이 훼파되고 성전 기물을 다 빼앗김으로써 성전 예배가 중단되고 성벽이 무너져 패망한 과거 역사를 우리가 반복하지 않으려면 이스라엘 역사를 통해 배움으로써 올바른 역사관을 다음 세대에게 전하는 공교육 현장의 전면적인 개편이 필요하다고 본다.

초 1학년이 이런 책을 읽어도 되나?

　　초등학교 1학년 때부터 늦둥이 아들은 매일 학교에서 빌려온 책을 읽고 도서명, 저자, 출판사 정도의 독서록을 기록하는 간단한 숙제가 있다. 대개 3권 정도 읽기 쉬운 얇은 책이 주류다. 그런 책 중에 몇 주 전 아내가 아들에게 대신 읽어주는 소리를 듣게 되었다. 듣다 보니 뭔가 그냥 지나치기에는 이상하여 무슨 책인지를 살펴보게 되었다. 그 책 제목은 『나쁜 말 사전』(박효미 저, 사계절, 2017년)이었다.

　　내용을 쭉 훑어보았다. 어떤 말이 나쁜 말인지를 맨 첫 제목인 '남자가 여자가'로부터 시작하여 36가지 제목을 가지고 설명을 해놓은 책이다.

　　서론적인 얘기로 욕설이나 거짓말이 상식적으로 나쁜 말임을 언급하였다. 물론 어떤 내용은 누구나가 들어도 고개가 끄덕여지고 수긍이 가는 용어도 있었다. 하지만 다른 한편으로는 지나치게 잘못된 용어 프레임으로 감수성이 예민한 어린이들에게 들려주기에는 문제의 소지가 있는 내용을 발견했다. 예컨대 1번에 나오는 '남자는 힘이 세야 한다. 남자는 큰일을 해야 한다. 여자는 머리가 길어야 예쁘다. 여자는 치마를 입어야 한다'는 등 이런 말을 일방적으로 나쁜 말로 분류해놓았다. 그 이유는 차별이라는 주장 때문이다. 마치 초헌법적 지위에서 군림하는 것과 같은 과잉 논리이다. 문제는 여기서 끝나지 않았다.

'유모차'라는 말 역시 남녀 차별 차원에서 지나치게 색깔을 입혀놓았다. 즉 '유부차'는 없는데 유모차라고 한 것은 마치 여성만 아이를 키워야 하는 차별에 해당하는 용어라는 식의 해석이다. 이것은 일부 페미니스트들이 흔히 주장하는 과유불급(過猶不及)한 수용하기 힘든 지나친 해석이다. 왜냐면 그런 식의 논리라면 모성애란 말마저도 나쁜 말로 분류되기 때문이다. 동서고금을 막론하고 누구나 어머니 품속을 그리워한다. 그래서 모국어, 모교, 모국, 모체, 모태신앙 등등의 말에 누구도 시비를 걸지 않는다. 누가 이런 용어를 남녀 차별이라고 부른단 말인가? '여자는 약하나 모성은 강하다'라는 말이 있다. 이런 말도 여자를 약자 프레임 씌우니까 나쁜 말이라고 싸잡아 비난할 것인가?

유모차란 용어가 주는 의미도 그런 의미에서 해석해야지 마치 여성만 아이를 키우게 하는 식의 편향된 해석으로 오늘날 사회가 인권, 평등, 차별이라는 소수, 약자 프레임을 씌워 공격하는 식은 한마디로 지나친 억지 논리다.

그 외에도 아내를 '집사람'이라고 부르는 것에 이의를 제기한다. 지금이야 여성의 사회진출이 늘어나고 경제활동 영역이 다양하고 넓어져 가정에서 가사를 돌보는 경우보다는 예전과 달리 자기 직업을 가지고 밖에서 활동하는 확연히 달라진 바뀐 사회 구조이다. 그럴지라도 이 용어 역시도 '바깥양반, 안사람, 집사람' 이런 용어는 오히려 우리나라만의 특징적 삶의 문화를 반영해주는 용어다. 그런 점에서 오히려 더 권장할 만한 한국적 토양에 맞는 용어라고 보는 게 자연스럽다.

그렇다면 왜 그 책 속에서 일부 내용을 그런 식으로 전개하고 있을까? 그 배경은 이런 용어들을 남녀 차별로 몰아 나쁜 말로 분류하는 것은 보편적인 가치나 상식에 어긋나는 포스트모던의 극대화에 기인한다. 이들은 절대적인 진리, 도덕 규범과 기존가치를 다 해체해버림으로써 절대적 선이 없고, 나아가서는 심지어 신의 죽음까지 선포한다. 그 대신 모든 옳고 그름, 좋고 나쁨을 자기의 느낌과 소견에 따르도록 자기 결정권을 갖게 해준다. 즉 자유라는 이름으로 기존의 자유를 파괴하는 일을 서슴지 않는다.

아울러 우리나라 과거 역사와도 맞물려 있다. 즉 불행하게도 우리나라는 과거 사색당파를 비롯하여 근대사에 들어와 독립운동하는 세력과 친일파의 첨예한 대립, 우파와 좌파의 진영 논리로 한 치의 양보도 없이 싸워온 역사를 고스란히 간직하고 있다는 사실과 무관하지 않다. 지금도 그 연장선상에 있기에 초등학교 도서관에 이런 책이 소장되어 미처 그 책의 성향을 파악하지 못한 선생님의 실수로 인해 애꿎은 우리 어린 자녀들의 동심이 물들어갈 수 있다는 사실이다. 이렇듯 생각과 판단의 기준이 제대로 서 있지도 않은 맑고 티 없는 우리 어린이들은 최근 자유민주주의 체제를 부정하는 교육에 노출되어 있다. 지나치게 역사를 왜곡하는 좌편향적 사상을 가진 자들이 권력을 휘두른다면 이러한 잘못된 색깔이 입혀지고 생각이 그렇게 각인됨으로써 다음 세대의 장래는 어두울 수밖에 없다. 그 외에도 이 책에서 계속하여 '학부형'도 남성 우월의 차별적인 용어이기에 나쁜 말로 분류하면서 '학부모'로 바꿔 쓰도록 주장한다.

이에 이런 책을 권장한 담임에게 전화를 걸어 이 책을 추천하게 된 의도를 물었다. 그리고 앞에서 언급한 그런 반론을 제시했다. 아마도 그 교사는 그 책의 내용을 충분히 잘 알지 못한 것으로 보였다. 그 교사는 잘못을 시인했다. 그리고 학생들에게도 그 책의 내용이 다 옳은 것은 아니라고 참작하여 지도하겠다는 답변을 받았다.

이런 책 외에도 얼마나 우리 아이들의 생각을 호도하고 역사를 왜곡하는 도서들 내지는 가르침들이 많을까를 생각하니 이제라도 도서관에서부터 선별 작업을 서둘러 해야 할 때다. 특히 최근 차별과 구별을 구분하지 못하고 의도적으로 교회와 사회 내 이슈화하고 있는 극소수자들이 주장하는 차별금지법이 다름 아니라 이 문제로부터 시작된다. 남녀평등이니 차별이니, 성적 취향이니 등을 주장한 나머지 남녀를 다르게 구별하여 가정을 세우신 이 질서를 존중과 순종하지 못하고 구분하지 못하는 데서 온 것이다. 그 배후에는 하나님 없는 신 죽음의 사상, 세속주의 포스트모더니즘, 신마르크시즘 등의 복합적 요인이 문화의 옷으로 가장하여 범람하고 있기 때문이다.

그러므로 우리는 이러한 시대일수록 복음의 본질을 회복해야한다. 즉 하나님을 전심으로 찾아야 한다. 성경으로 돌아가야 한다. 그리고 가증한 음란 문화와의 싸움에서 이기기 위해서는 교회가 깊은 잠에서 깨어 일어나 파수꾼의 사명을 감당하도록 연대하고 외쳐야 한다.

단체 기합

요즘은 학교에서나 심지어 군대에서까지 단체 기합이 어느 땐가 일부 최고 권력자가 표방한 인권이라는 시대적 프레임에 갇혀 사라졌다. 돌이켜 보건대 지난 초중고 시절 매일 아침 일찍 등교하면 '콰이어 강의 다리'와 같은 경쾌한 경음악 행진곡에 발맞추어 입실했다. 그런가 하면 전교생 조회가 있는 매주 월요일 아침마다 운동장에 전 학년이 모여 교장 선생님의 훈화를 들었다. 이뿐만이 아니다. 매일 수업 시작 전에는 담임 선생님이 주재하는 조회가 있었다. 그리고 하루 모든 수업이 끝나면 청소를 한 후 반장이 담임선생님에게 가서 다 끝났다고 말씀드리면 마지막 종례를 마친 후 귀가할 수 있었다. 이런 문화도 지금은 사라진 지 오래다.

그런데 어느 때에는 종례가 늦어지고 귀가하지 못하는 경우가 있었다. 그 이유는 같은 반 학급 안에서 종종 금전이나 소지품

분실 사고가 발생할 때다. 이때 분실한 급우가 담임선생님에게 신고하면 종례 시간까지 자수하는 학생이 나오지 않는 한 같은 반 모든 친구가 집으로 가지 못하고 단체 기합 받는 일이 종종 있었다. 즉 한 사람의 잘못으로 인한 단체 기합이었다. 군대에서 병사 한 사람이 잘못 했을 경우 단체가 얼차려 받는 것은 더 말할 나위가 없다. 잘못했기 때문에 당시 이런 벌은 응당 피할 수 없는 흔한 일이었다.

그 당시에 다른 반 학생들은 집으로 가는데 이 일로 인해 집에 가지 못하고 벌을 받기에 누구라도 못마땅하고 힘들어 투정을 부렸다. 그러나 한편 철들어 돌이켜 생각해보니 단지 선생님도 체벌이 좋아서가 아니라 그만큼 지식만 전달하는 학교가 아닌 올바른 인성을 중시하는 훌륭한 교육을 하셨다는 데 대해 오랜 세월이 흘러 그런 선생님, 그런 학교 교육이 있었음에 감사하고 자랑스럽게 여겨진다. 즉 남의 것을 탐내지 말아야 한다는 개인적 윤리의식, 그런 한 사람의 부정과 자백하지 않는 거짓은 모든 사람에게 피해를 준다는 공동체에 대한 존중, 그리고 죄를 지으면 이에 상응한 벌을 받게 된다는 책임의식 등은 언제부턴가 부정적 이미지를 극대화한 나머지 체벌이 사라져버린 오늘날 학교 교육에서는 감히 흉내도 낼 수 없었던 값진 교육의 유산이었다.

그런 교육이 있었기에 적어도 그 당시 교육을 받은 분들은 학교를 통해 인성이 무언지를 배웠다. 개인적인 감정이 아닌 제자를 사랑하는 마음으로 체벌하는 그런 선생님을 존경했다. 비록

콩나물 교실이었고 교재 하나 변변치 못했고 최신식 교육 기자재 제대로 갖추지 못했으나 배우고자 하는 열의는 지금보다 훨씬 뜨거웠다. 사제 간에 넘어서는 안 되는 최소한의 마지노선이 지켜졌다. 가정방문을 하면 학부모로서도 선생님을 누추한 집에 모신다는 마음에 우리 부모님은 마음에 부담이 되었지만 다른 한편으로는 벅찬 감동도 있었다.

그 결과 열악한 학교 시설 속에서도 대한민국의 저력은 꽃피우기 시작했고 드디어 한강의 기적을 이루었다. 지금처럼 소수의 편향적인 자들이 인권, 평등이라는 허울 좋은 프레임으로 스승과 제자의 간극을 무너뜨려버린 온갖 이름 모를 반성경적, 반윤리적 악법, 예컨대 학생인권조례니 사학교육법 개정안 등으로는 그 당시 교육을 흉내 내기조차 힘들다.

특히 한국 근대화 교육의 효시는 누가 뭐라 해도 기독교 교육의 공헌이다. 유교 500년의 계급제도와 신분제도를 타파할 수 있었던 근거도, 무지와 문맹에서의 탈피도, 가난과 질병으로부터의 해방도, 이 땅의 진정한 건국 정신도 기독교 교육, 교회를 빼놓고서는 그 역사를 진실하게 기록한 게 아니라 해도 과언이 아니다.

반면에 교회를 향한 현행 단체 기합은 그 이전 학교에서의 단체 기합과는 결을 달리한다. 지난 2020~2022년 정부가 강제한 방역 지침은 불공평한 단체 기합이었다. 그런 점에서 지금까지 종교와 예배의 자유를 제한했던 정부 당국은 철저히 교회 앞에 석고대죄하고 물질적, 정신적 손실을 입혔다는 데 대해 국가가 책임을 져야 한다. 사실 2022년 6월 서울 행정법원에서 교회를 겨냥한 정부의 대면 예배 금지 조치는 자체가 잘못되었고 예배의 자유는 헌법의 기본 권리임을 확인해주었다.

그러나 당시 외부에서 감염되어 온 코로나 확진자를 예배를 드려 확진되었다고 교회 탓으로 올가미를 씌웠다. 이것을 전국에 교회발로 연일 발표한 나머지 교회끼리, 이 나라 백성들과 교회 사이를 이간질하는 일에 국가가 앞장서서 저격수 역할을 했음을 똑똑히 알고 있다. 국민을 안정시켜야 할 최고 책임자인 심지어 당시 대통령, 국무총리가 한동안 선봉장 노릇을 해 왔고 여기에 질병관리청이 저격수, 보급대 역할을 자처해 온 불행한 역사는 지워지지 않고 남겨질 것이다.

나중에 뒤늦게서야 엔데믹(endemic)이라고 발표한 것처럼 코로나 감염되었다고 흉악한 죄가 될 수 있는가? 독감이나 풍토병 걸렸다고 죄인이 되는 건가? 한 교회로 인해 전국의 7만여 교회를 일제히 예배 금지 명령 내리는 게 형평성에 맞는 정부의 방역 정책이라 할 수 있었는가? 교회를 한때 10%, 20%로 묶어 놓은 채 정부는 대면이니 비대면이니 하는 용어 프레임으로 통제했었다. 더 비분강개하는 것은 일부 소수 교회를 제외하고는 모든 교단장의 공식적인 입장은 이런 정부 통제 방식에 동의하는 것 외에 속수무책이었다. 오히려 자신들이 못한 일을 불이익을 감수하고서라도 공정치 못한 방역 지침에 저항하는 교회를 향해 비난하기보다 속죄하는 마음, 존중하는 마음을 갖는 게 양심적이다.

주목할 것은 헌법에 규정된 종교의 자유, 예배의 자유가 방역법보다 우위에 있다는 사실이다. 그렇다면 교회가 이후부터는 부끄러운 전철을 밟지 않고 역사적인 책임을 감당하기 위해서라도 이 땅에 사는 복음에 생명을 건 그리스도인 모두가 통회 자복하며 진정 교회가 하나 된 모습으로 연대의식과 지혜를 모아야 할 때이다.

대대장님의 천적

2023년 7월 27일 페이스북에서 다음과 같은 글을 읽었다.

친구 목사님 아들이 군대에 갔다. 전방 강원도 철원 6사단 신병 교육대에 입소했다. 그리고 훈련기간이 끝나자 6사단 신병 교육대 조교로 뽑혀 제대할 때까지 그곳에서 조교로 복무했다. 그런데 그 친구 아들 입에서 나오는 말을 들으니 21세기 군대가….

제 고개를 갸웃거리게 만든다. 중령 계급을 달고 있는 신병 교육대 대대장님이 가장 무서워하는 사람들이 있다. 그들이 누구냐? 바로 신병 교육대에 입소한 훈련병들의 어머니, 곧 '아줌마 부대'라네요. 그 아줌마들이 대대장님의 천적이다. 훈련 기간 도중 훈련소 조교들이 하는 일이란 민간인 장정들을 받아 그들에게 군인정신을 불어넣고 기초 군사훈련을 시켜서 군인으로 만드는 일입니다. 예컨대 제식훈련, 사격훈련, 각개 전투훈련, 내무반 생활훈련, 행군….

그런데 그런 임무들 외에 조교들이 해야 하는 아주 중요한 일이 또 있다. 바로 훈련병들 사진 찍어주고 동영상 찍고 편집해서 인터넷에 올리는 일! 이 일이야말로 대대장님이 가장 신경 많이 쓰는 일이다. 왜냐고요? 엄마부대가 신병 교육대대 대대장님에게 연락하기 때문이지요. 연락해서 하시는 말씀이… "왜 우리 아들 얼굴 사진 동영상이 6사단 신병 교육대 사이트에 며칠째 보이지 않습니까? 우리 아들이 무슨 음식을 싫어하는데 무슨 음식을 좋아하는데… 나오는 반찬 화면으로 보니까 내 아들에게 저걸 먹으라고 주는 것입니까? 세탁실 샤워실 화장실이 어쩌고저쩌고. 우리 아들은 그렇게 많이 못 걸어요. 행군 훈련 빼주세요… 요구 조건을 들어주지 아니하면 우리 엄마들이 단체로 사단장님을 찾아가겠습니다!"

별 둘 달고 있는 사단장님은 대대장들 인사권자다. 아니? … 어쩌라고요! 엄마들이 온갖 시시콜콜한 문제들을 들고나와 압력을 가하니 대대장님이 얼마나 힘드시겠습니까? 조교로 있던 그 친구가 옆에서 보기에도 대대장님 스트레스가… 어이쿠… 아니? 아들 군대 보냈으면 이제 그 아들이 군인 아닙니까? 군인!

공감이 되는 구구절절한 사연은 계속되고 있다.

요즘 대한민국에 아이들은 외동 아들딸 비율이 절반을 넘는다. 그래서 훈련병 하나하나가 다 '금쪽이'들이다.

그 훈련병들이 남의 집 귀한 아들인 것은 알겠는데 그리고 그 귀한 아들을 키워서 험한 군대 생활하는 군대에 보내셨으니 부모님들 마음이 얼마나 애절하고 얼마나 걱정될까 하는 점도 알겠는데… 그래도 그러는 것 아니다! 현 장병들의 할아버지 세대는 낙동강 전선, 피의 능선, 백마고지… 6·25 전쟁을 겪으셨고, 피눈물 나는 배고픔을 견디셨고, 아버지 세대는 서릿발 같은 군기가 살아 있던 군대 생활과 혹독한 훈련을 마치셨다. 그분들의 희생과 헌신 위에 오늘날의 대한민국이 있다. 그런데 우리 엄마 부대는 사랑하는 '금쪽이'들에게 조그마한 고생도 가벼운 마음의 상처도 절대로 주어서는 아니 된다는 기막히게 해괴한 모성애로 꽉 절어 있다! 왜? 아니 왜…? 당신의 아들은 고생 좀 하면 아니 되는가요? 왜 군대라는 조직의 상명하복 질서 속에서 힘든 훈련을 하고 작업하면 무슨 큰일 납니까? 어쩌다가 군대에서 총기 사고, 탈영 사고, 각종 사고가 나면 이제는 숨기지 못하고 곧장 언론에 공개되는 세상이다. 그러면 다들 아들 군대 보내기 싫어진다. 하지만 아십니까? 우리 아비 세대들 군 생활 시절에는 지금 군대보다 온갖 사고가 수십 배 더 많았고 비리가 훨씬 더 많았고 많이 두들겨 맞았고…. 그러고도 제대해서 사회생활하고 장가가고 자식 낳아서 그 자식을 또 군대 보낸다. 그렇게 해서 대한민국이 지켜져 내려온 거다. 오늘 우리가 누리는 자유와 평화와 번영은 공짜가 아니다. *(…중략…)* 이 땅의 어머님 들… 우리 제발 마음을 넓게 가집시다!

이 글 읽고 난 후 드는 내 생각이다. 아무리 시대가 변했다지 만 그리고 자기 자식 귀한 줄 알지만 군대 보낸 자식에게까지 부 모가 개입해 간섭해서야 되겠는가? 자식 사랑하는 사사로운 개 인적인 애정을 넘어 국가안보를 소홀히 할 수 없는 대한민국이 처한 현실, 남북의 대치가 종식되기 전에는 해서는 안 될 반국가 적 오지랖은 그쳐야 한다.

불편한 진실

1945년까지 조선을 지배했던 일본이 연합군에게 8·15 항복한 이후, 9월 일본이 우리나라를 떠날 때 조선총독부의 마지막 총독을 지낸 아베 노부유키가 남긴 한마디가 역사에 길이 남아 있다. 그가 어떤 말을 남겨서일까? 그 일부를 소개하면 이렇다.

일본이 패배했다고 조선이 승리한 게 아니다. 조선이 위대하고 찬란했던 과거 영광을 되찾으려면 앞으로 100년도 넘게 걸릴 것이다. 왜냐면 우리가 총, 대포보다 무서운 식민교육을 심어놓았기 때문이다. 조선 민족은 서로 이간질하며 노예 같은 삶을 살게 될 것이다. 식민교육으로 인해 조선은 노예로 전락했다. 나 아베 노부유키는 다시 돌아온다.

무서운 말이다. 이것이 일본이 독성 강한 식민지 교육, 즉 서로 이간질하고 서로 공격하고 끌어내리는 등의 내부 자체 분열을 유도해 그들이 원하는 대로 조선을 끌고 갈 수 있었던 무기였고 보이지 않는 이른바 '노예근성', '내부 분열로 인한 자멸'의 무기였다.

그 결과 불과 36년 동안 동족끼리 내부 총질을 일삼았고, 우리말도 못 쓰고 일본말을 강요하고 일본식 사고 구조로 개조시키는 데 여지없이 당하고 만 거다. 그래서 지금까지도 그 후유증은 여전하여 친일과 반일 논쟁은 계속되고 있다.

그의 말이 맞으면 1945년부터 계산하여 100년이면 2045년인데, 우린 현재 그사이에 살고 있으니 인정하고 싶지 않지만 끝나지 않은 진행형이다.

실제로 얼마나 이간질하고 다투고 서로 비방하는 흐름에 너무 익숙해져버린 모습을 주위에서 쉽지 않게 보면서 한편으로는 그의 말이 터무니없지 않아 보인다.

더욱이 지금 이 세상은 식민지 문화 못지않은 인간성 상실의 거친 문화들이 부지중에 들어와 있고 심지어 교회 안에까지 유사 사단의 문화가 이미 덧뿌려져 있음을 간과하지 말아야 한다.

그러므로 이럴 때 영적 분별력을 잃고 좌충우돌하는 경기장에서 페어플레이 정신으로 정정당당히 싸우기보다 반칙을 일삼아 상대방을 쓰러뜨려 승리를 훔치는 선수가 아닌 공동체의 룰을 잘 지키는 정정당당한 믿음의 경주를 하자.

또 세속에 물들지 않도록 진리의 말씀으로 무장하여 늘 깨어서 정신적으로나 영적으로 식민지화되지 않도록 중보 기도하며 깨어있는 시대 파수꾼이 되자.

그리고 주위에 부화뇌동하지 않고 올바른 신조를 지킬 수 있도록 영적 스승을 늘 곁에 두고 지도를 잘 받으며 도움을 구하면서 자신을 잘 지켜나가야 할 때다.

교사 교권이 실추된 학교

지난 2023년 7월 맑디맑은 1학년 아이들을 가르치는 2년 차 새내기 교사가 우리 미래의 산실인 학교 교정에서 오전 10시 50분경 스스로 목숨을 끊은 채 발견된 안타까운 사건이 발생했다. 서울 서초구 서이초등학교에서 일어난 일이다. 이런 교사의 극단적 선택은 해당 교사가 견딜 수 없는 괴롭힘의 한계를 극복하지 못한 최후의 자기방어였고 교권 실추에 대한 교육계 모순에 몸으로 항거한 외침이다. 일방적으로 당한 희생양이나 다름없다.

얼마나 진실하게 밝혀질지 모르나 특이 이번 일에 결코 자유로울 수 없고 책임을 피할 수 없는 곳으로 의심되는 단체가 있다. 이에 문제의 근본적 원인을 희석하지 말고 반드시 사건의 전모를 밝혀야만 한다. 무엇보다 이 사건의 배후에는 학생인권조례를 지목하지 않을 수 없다. 이 조례는 지난 2010년 경기도교육청에서 처음 제정된 후 17개 시도 교육청 중 서울을 비롯한 6

개 교육청에서 제정돼 시행되고 있다.

그런데 이 일에 주도적 인물이 당시 경기도 교육감이었던(현 더불어민주당 소속) 김상곤이다. 그는 문재인 정권 때 또다시 부총리 겸 교육부 장관 2년까지 무려 7년을 교육계 수장으로 이번 사건의 핵심적인 역할을 한 것이다. 그리고 후임으로 같은 당 유은혜 전 의원(더불어민주당)이 장관직을 이어받았다. 즉 지난 10여 년 이들이 교육계 수장을 장악하고 있는 동안 학생 인권을 극대화한 나머지 교사의 교권은 실추되었음을 이번 사건에서 여실히 드러내 보여주었다. 아니 교권을 무너지게 만든 불평등 법에 불과하다. 그게 학생인권조례다. 아동학대나 방임으로 신고하면 누구든지 누명을 쓰고 속수무책으로 당하고 마는 일명 학부모 고발법—부모 고발법, 즉 학생이나 학부모가 교사를 고발, 자식이 부모를 고발—과 같은 기상천외한 악법이다. 학부모가 본인 자녀 얘기만 듣고 민원을 넣으며 학교 교사에게 항의하기 위해 찾아오는 경우가 매우 많이 벌어지고 있기 때문이다.

그 내용의 골격은 성별·종교·가족 형태·성별 정체성·성적 지향 등을 이유로 차별받지 않고, 폭력과 위험에서 벗어날 수 있는 권리 등을 주요 내용으로 한다. 이외에도 학습과 휴식권, 사생활의 비밀을 유지할 자유 등을 보장한다는 규정을 담고 있다. 그러다 보니 교사가 어떤 학생에게 정당한 칭찬과 격려하는 것마저 자칫 다른 학생에 대한 차별로 인식된다거나 사생활의 자유만 보장하게 되다 보니 도리어 학생 개인 생활에 대한 지도가 사실상 불가능하게 된 이율배반적인 조항을 내포하고 있다. 또한 교사가 말로 학생을 훈육한 경우 듣는 학생이 가해를 당했다고 느껴 그 느낌만으로도 신고하게 되면 '아동 정서학대'라는 누명을 뒤집어씌우는 게 이 조례의 독소조항이다. 다시 말해 학생들을 꾸중할 수도 없는 참담한 교육 현실이 되고 만 것이다.

이에 대해 한국교원단체총연합회(교총) 정성국 회장은 20일 서울시교육청 앞에서 열린 기자회견에서 다음과 같이 성토했다.

> 지난 몇 년 동안 지나치게 학생 인권이 강조되고 교권을 깎아내리는 분위기가 있다. 이 배후에는 학생인권조례가 매우 강하게 작용해 이런 일이 벌어졌다.

이것이 현재 우리나라에서 교권이 무너져가는 학교 교육 현장의 실상이다. 가정에서도 역시 자녀들의 느낌과 자율을 건드리지 못하고 비위 맞춰야 하는 게 부모의 애끓는 심정이다.

교회라고 다른가? 세상과 거의 다르지 않다. 왜 그런가? 그렇게 가정에서 손을 쓸 수 없는 상황이 되어버렸고, 학교에서 그런 훈육을 거의 할 수 없는 지경에 이르도록 난데없이 생겨난 인권조례라는 족쇄를 채워 버렸기 때문이다. 그렇기 때문에 역으로 교회가 깨어나야 한다. 세상이 그러니까, 애들이 그러니까, 거기에 맞춰 살아야 한다고 하는 자들이 교회 리더와 임원이 되는 한 희망을 기대하기 힘들다. 하지만 이제라도 진리의 복음으로 무장한 깨어 있는 창조적 소수라도 하나님의 절대 진리를 굽히지 않고 악한 세상의 법에 의연하게 대처하여 한시라도 미루지 말고 세상, 교육 현장을 책임지고 나갈 희생적이고 소신 있는 교육가들이 절실할 때다.

이사 가는 날

고교 시절, 대학을 다니기 위해 공부하거나, 직장생활을 할 때 적지 않게 이사를 했던 적이 있다. 고등학교 다닐 때 자취, 하숙을 번갈아 가며 지내다 이사할 경우 지금처럼 자동차로 포장이사 하던 때가 아니었기에 그저 리어카 한 대 분량 정도로 당시에 수레 끄는 분에게 맡겨 함께 걷는 형태의 이를테면 아날로그 이사 방식이었다.

세월이 흘러 목회하다 보니 이사를 여러 번 하는 일이 생겨났다. 농촌에서 중소 도시로, 중소 도시에서 서울로, 서울에서 다시 중소 도시로, 그리고 다시 농촌으로….

경찰직 공무원 중 일선 서장(총경급)들의 경우 특별한 경우를 제외하고는 거의 1년마다 보직 이동을 당연히 하게 되어 있다. 그렇기 때문에 아마도 그들은 자신이 소유한 집, 자녀들은 일정한 지역—서울이나 대도시?—에 그대로 두고 직무상 자기 몸만

이동하리라고 본다. 또 그럴 수밖에 없을 것으로 이해가 된다.

그러나 나와 같은 목회자의 경우는 상황이 다르다. 물론 정기적으로 인사이동이 아니기 때문이기도 하지만 목회자가 얼마나 자신의 집을 개인 재산으로 살 만한 여력이 있겠는가를 생각하면 대부분이 봇짐 장사와 같은 형편을 면하지 못하고 살아간다. 임지 이동을 하게 되면 교회에서 제공하는 사택이 있기에 종교 시설이라는 이유로 면세가 되어 그런 혜택을 받고 담임 목회하는 동안만 임시 거처로 살아가는 정도이다. 어쩌다 형편이 넉넉한 일부 교회야 은퇴 이후 에우 차원에서 교회에서 은공을 기려 주택을 더러 구입해주었다는 소식도 들기는 하지만 극소수 교회에 불과할 뿐이다.

여러 차례 이사하면서 그다지 어려움은 없었다. 이삿짐이라야 5~6톤 정도에 불과했는데, 언제부터인가 이삿짐 살림이 6톤 탑차가 부족하여 다시 2.5톤 탑차를 추가로 불러야 했다.

어느 해에 늦둥이로 한 식구가 더 늘어 여기저기서 물려받은 책들, 옷가지들, 장난감들 등 기타 부속품들이 늘다 보니 그러했다. 한번은 이사 온 교회가 시간을 정확히 하지 않아 시간도 지연이 되어 밤늦게까지 작업을 하게 되고 장판은 새로 깔았으나 도배를 하지 못해 편하게 하려던 포장이사가 다음 날 도배를 하기로 했기에 서재실로 가는 책을 제외하고 모든 사택의 집이 하나도 제자리에 정리하지 못한 채 마치 피난처를 방불케 할 만큼 어지럽게 널려둔 후 다음 날이 되어서야 비로소 도배가 끝났지만 다시 모든 짐 정리를 해야 하는 고역을 치르기도 했다.

이러다 보니 이사 온 날 하룻밤은 외부에서 우리 4가족이 외박을 해야만 하는 신세가 되고 말았다. 이럴 때면 목회자는 참으로 난감하다.

어떤 교회는 평신도 원로들이 점심은 물론 으레 커피나 후식 등을 갖다주기를 기다리며 섬김을 받으려 하는 것을 당연히 한다는 소리를 듣는다. 거기까지는 그렇다 하지만 그런 분들이 최선봉에서 온갖 교회 불평은 주도하고 심지어 목회자의 영역까지 지나칠 만큼 간섭을 한다고 직접 경험한 분의 볼멘소리를 듣게 된다. 목회는 목회자가 다소 부족하더라도 목회 전문가인 담임 목사에게 맡기는 것이 교회를 가장 사랑하는 자의 자세이다. 다시 말해 부족한 것을 조력하라고 임원들―장로이든 권사쯤 되면―을 세워 성도들을 온전케 하고 봉사의 일을 하며 그리스도의 몸을 세우도록 주신 직분이다.

따라서 선임이든 원로이든 필요한 일에 협력하고 동역하는 파트너십의 관계가 되어야 건강한 교회, 평안한 교회, 나아가 재생산하는 교회가 되어 이 사회에 희망을 줄 수 있다. 이런 사실을 잊으면 내부에 큰 소용돌이에 말려들어 새 가족도 잃게 되고 자체 내부 균열로 돌이키기 힘든 뼈아픈 상실감에 빠질 수 있다는 사실이다. 누가 교회를 균열시키고 교회로 등록하여 새롭게 신앙생활하는 분들을 쫓아내고 있는지를 살펴보아야 한다. 이에 이제는 개체교회만의 힘으로는 한계성이 다다른 것 같다. 혹시 내가 헌금 못하니까, 내가 봉사할 마음이 없으니까, 계속 섬기지는 않으면서 대접만 받으려 하는 마음이 몸에 배서, 그리고 목회자에 대한 누적된 불신감 때문 등등….

오늘날 교회를 주님이 말씀하신 "내 교회(마16:18)"를 그들은 주님을 빼고 내 교회를 "내(자신들) 교회"로 전락시키는 일을 서슴지 않고 있지는 않은지 진상조사에 나서야 할 때라고 본다.

'아모르 파티'에 열광할 이유가 없다

'운명애(love of fati)'라는 용어는 독일의 니체
(1844~1900)가 남긴 말이다. 이것의 라틴어 음역이 '아모르 파티'
이다.

그런데 이런 노래 제목으로 가수 김연자가 무대 위에서 백 댄
서들과 함께 현란한 몸짓으로 부르면 열혈 팬들은 온통 열광의
도가니에 빠진다. 그 가사 중에는 긍정의 가사도 있다.

예컨대, '나이는 숫자, 마음은 진짜….'

그런데 다음에 이어지는 노랫말을 들어보면 세상 풍조라고 예
사로이 넘기기에는 용납하기 힘든 가사 대목이 나온다.

'연애는 필수, 결혼은 선택….'

왜 연애는 필수이면서 결혼은 필수가 아닌 선택인가? 이게 잘

못되면 결혼은 자유, 비혼도 자유, 출산도 자유, 가정도 자유, 심지어 낙태도 자유, 그리고 이혼도 자유… 등.

누구에게도, 어디에도 종속되거나 소속하고 싶지 않은 혼자가 편한 세상, 일명 '나노사회' 찬가(讚歌)로 들리는 듯하다. 이런 노래를 부르고 이에 취하다 보면 이런 학습된 언어체계가 젊은이들의 혼을 자극하여 삶의 구조가 왜곡되게 형성될 수도 있다. 그러므로 철학자 하이데거가 말한 '언어는 존재의 집이다'라는 사실을 깊이 유념할 필요가 있다.

이런 사고와 흐름이 여과 없이 세상의 정서로 물들어가면 나아가서는 기존의 절대기준과 진리를 거부하고 기존 질서를 해체한 나머지 시대정신, 실용주의 노선을 따르고 만다. 이런 사회 현상이 지금 우리가 경험하고 있는 코로나 이후 '나노사회'의 단면이다. 그것이 바로 변화된 결혼관, 자녀관, 국가관이요 그리고 우리 그리스도인이 반드시 지녀야 할 성경관, 교회관, 가정관 등이다.

그러므로 운명을 사랑하라고 부르는 '아모르 파티' 노랫말의 한계로서는 내 인생을 바꿀 수 없다. 주어진 운명을 바꾸기 위해서는 그 어떤 이유로도 가정과 교회를 해체하는 사회가 되지 않도록 노래 하나를 불러도 혼을 자극하는 용어 선택에 유의해야 한다. 사람의 혼을 자극하는 대중가요와 하나님께 존귀와 영광을 돌리고 그 이름을 높이는 찬송이 본질적으로 다른 이유가 이것이다. 절대기준과 진리가 사라져가는 시대일수록 본질인 성경에서 하나님이 뭐라고 말씀하시는지를 귀담아듣는 겸손한 그리스도인으로 살기를 매 순간 결단하고 살아야 하는 시대이다.

가위바위보의 인생

우리 한국인이라면 어린아이에서 노인에 이르기까지 남녀노소를 불문하고 누구에게나 손쉽게 할 수 있는 전통적인 게임 하나가 있다. 그것은 가위바위보라는 게임이다.

예컨대 일명 임금놀이로 자리 차지하는 게임을 할 때라든가 편을 갈라 게임을 해야 할 때, 그런가 하면 누군가를 심부름시킬 때도 가위바위보는 쉽게 즐겨 사용하는 놀이이기도 하다.

그런데 정작 사람이 이 땅에 태어나 살아가는 동안 가위바위보의 인생을 경험하고 산다는 사실을 아는 이들은 그리 흔치 않을 듯싶다.

이 게임의 유래는 일본 어린이들의 놀이 중 묵찌빠가 있는데 20세기 초 군국주의 일본의 어린이들이 '묵'은 '군함', '지'는 '침몰', '빠'는 '파열'이라는 의미를 두어 묵찌빠 놀이를 즐겼다고 한다. 그런가 하면 비슷한 놀이로 중국에서 유래된 '충권(蟲券)'과 우리나라의 '가위바위보'가 있었는데 중국의 충권—벌레를 비유

하는 놀이였기 때문에 '벌레 충(蟲) 자를 씀—이라 불렸고, 이와 비슷한 놀이로 '양권마(兩券碼)'가 일본으로 들어가 '장껭뽕'이 되었고, 그리고 이 장껭뽕이 다시 일제 시대에 우리나라에 건너와 아동문학가 윤석중 선생이 '가위바위보'로 이름을 지으면서 현재의 형태로 굳어졌다고 한다.

가위바위보 유래가 어떠하든 이 게임은 우리 인생의 매우 소중한 의미가 담긴 게임이요 표현이라고 본다.

우선, 이 셋은 우리 인생이 '제로섬(Zero Sum)' 게임을 말해주고 있기 때문이다.

왜냐하면 가위를 보라. 가위는 보를 이기지만 바위에는 지고, 그런가 하면 바위는 가위를 이기지만 보에는 지지 않는가? 그런데 또 보는 바위를 이기지만 가위에는 진다. 그러고 보니 이들 셋은 어느 것도 승자가 없다는 뜻이다. 그렇다고 패자라고 할 수도 없는 서로 물고 물리는 게임이다. 그렇기 때문에 제로섬 게임이다. 다시 말하면 가위바위보를 통해 우리도 '내가 승자다', '내가 최고야'라고, 으스댈 수 없다는 겸손을 배우게 된다.

다음으로, 가위바위보는 우리 인생의 태어날 때부터 이 세상을 떠날 때까지의 과정을 매우 함축하여 리얼(real)하게 동시에 구체적으로 잘 표현해주는 우리 몸을 통해 주신 훌륭한 교훈이라고 여겨진다.

왜냐하면 우선 사람이 갓 태어날 때의 손을 보라. 바위 손을 가지고 태어난다. 꽉 쥔 주먹의 상태를 볼 수 있다. 아마도 명예도, 권세도, 재물도, 원하는 건 그 무엇이든지 다 움켜쥐어보겠다는 야망을 담고 있는지 모른다. 사실 어릴 때의 특징은 자기밖에 모르는 지극히 이기적인 단계에 머물러 산다. 그래서 바위 손을 잘 보면 다섯 손가락이 모두 자신을 향해 있다.

그러다가 커가면서 가위 손의 삶으로 변화한다. 즉, 가위는 나누고 자르는 데 쓰인다. 이것은 부모 품을 떠나 나누어진 새로운 가족의 경험을 하는 것이요 또한 내 것을 잘라 조금은 나누고 살아야 함을 배우는 단계라고 말할 수 있다. 조금은 다른 사람을 생각할 줄도 안다. 그러나 가위 손을 잘 보면 여전히 세 손가락이 자기를 향해 있고, 두 손가락만이 상대방을 향해 있다. 즉 3:2의 비율로 자기가 중심이 되어 있다.

마지막으로 인생의 황혼이 깃들게 되면 보의 손을 내민다. 편 손이다. 내 것이 없는 무소유의 삶으로 돌아가게 됨을 의미한다. 내 것이 하나도 없다는 표시로 모든 손가락이 상대방을 향해 있다. 또한 보(자기)는 모든 것을 감싸고 묶어주는 역할을 한다. 남의 허물을 덮어주는 역할을 한다. 이 보의 손이 사랑의 마음이요, 포용의 마음이요, 주는 마음이라고 할 수 있다. 성숙한 인격을 지닌 사람이라 할 수 있다.

그렇다면 내 인생의 나이는 어느 손에 가까운가? 가위바위보의 손을 번갈아 내밀어보면서 자기 내면의 모습을 진솔하게 들여다보면 어떨까 제안해본다.

또아리(똬리)

지금도 농촌이나 도시에 상관없이 가끔 볼 수 있는 풍경 중에 머리에 짐을 이고 가는 여인들의 모습을 발견할 수 있다.

사실 운송 수단으로써 좁은 길을 갈 수 있는 유일한 도구가 남자에게는 지게요, 여자에게는 머리에 이고 가는 방법이 흔하게 사용돼왔다. 이 중에서도 여인들이 무거운 짐을 머리에 이고 갈 때 꼭 필요한 것이 하나 있다. 그것을 일컬어 '또아리(똬리의 준말, '또가리'는 사투리)'라고 부른다. 이 또아리는 짚이나 헝겊 흔히는 수건 등을 둥그렇게 만들어 짐을 괴는 고리 모양으로 만들어 사용한다. 이것을 사용함으로써 머리에 압박하는 고통을 덜 수 있게 된다. 즉 짐과 머리 사이에 들어가서 훌륭한 완충 역할을 해주는 데 안성맞춤이다.

이와 비슷한 것으로 복싱 선수가 경기할 때 입속에 넣는 마우

스피스(mouth piece), 태권도 경기 시 앞에 차는 호구, 그 외 뜨거운 음식물을 바닥에 놓을 때 사용되는 둥그런 받침대 등을 꼽을 수 있다. 우리가 어떤 말을 누군가에게 전달할 때도 마찬가지이다. 직접 말하기가 난처할 때 본인이 잘 아는 사람을 내세워 그 사람으로 하여금 상대방에게 본인의 의사를 전달하게 한다. 때로는 이런 방법이 더 효과적일 수 있기 때문이다.

이처럼 우리 삶의 여러 영역에서 또아리는 무척이나 중요하다. '또아리'가 부실하게 만들어졌을 때 또는 또아리 재질 자체가 튼튼하지 못할 때 오히려 그에 따른 고통과 아픔은 더하게 된다. 요즈음은 산지 직송이라 해서 중간 상인을 거치지 않고 직판 매장을 통해 농민과 소비자가 직거래하는 농수산물 직판장을 볼 수 있다. 반면 취업이나 기타 소개업이라는 간판을 걸고서 반인륜적 매매 행위나 땅 투기를 조장하는 악덕 중개업자 등이 입건되기도 한다.

사실 어떤 측면에서 우리 개개인은 중개업자와 같다. 지식을 배우고 전달하며 유산을 상속하고 상속받는 등 우리는 모두 살며 사랑하며 배우는 중매자의 관계 속에 살아가고 있다. 이 점에서 교사는 학생에게 모름지기 '또아리'의 역할을 잘해야 한다. 부모는 가정과 자녀 사이의 또아리로서 책임적 존재가 되어야 한다. 위정자는 국가와 백성 사이에서 평화의 또아리가 되어야 한다. 목회자 역시 양과 좋은 꼴 사이에서 안전하게 생명으로 인도해야 할 또아리이다.

이런 또아리는 볼품도 없다. 또아리는 잘 보이지도 않는다. 그러면서도 때로는 뜨거움을 참아내야 하고, 무거운 것에 눌리면 눌리는 대로 아프면 아픈 대로 아무 말 없이 자신의 역할을 감당하는 것으로 만족할 뿐이다.

그렇다고 또아리가 보석처럼 소중히 다루어지기라도 하는가? 평소 주인의 사랑을 받기나 하는가? 그저 필요하면 찾을 뿐 아무 데나 어디 구석엔가 머물러 대기하고 있는 정도이다.

그러나 또아리는 불평하지 않는다. 도리어 아무 말 없이 제 사명을 다하는 것으로 즐거워하고 만족해한다. 오늘날 길이 잘 닦여지고 운송 수단이 발달하였기에 좀처럼 찾기가 쉽지는 않지만 또아리의 의미는 길이길이 되새길 만하다.

왜냐하면 또아리는 사이(between)에 필요하기 때문이다. 나와 그대 사이에 존재하는 사이의 존재, 나와 창조주 사이에 존재하는 사이의 존재인 생명의 또아리 되신 '중보자(The Mediator)'를 아는 이들이 얼마나 될까?

취미와 생명

사람들은 특별한 여유가 아니더라도 대부분 한 가지 이상씩의 취미 생활을 하고 산다. 취미를 갖고 산다는 것은 때로는 삶에 힘을 잃고 침체에 빠졌을 때 그 취미가 어떤 사람에게는 활기를 불어넣어주기도 한다는 측면에서 인생의 윤활유라고 할 수 있을 것이다.

이러한 취미의 성향도 사람에 따라서 다양하게 나타난다. 예컨대 어떤 이들은 낚시를 즐긴다. 어떤 이들은 등산한다. 또 어떤 이들은 수영을 좋아한다. 그리고 어떤 이들은 운동 등과 같이 육체적인 활동을 통해 취미 생활을 즐기는 사람들이 있다. 독서나 음악 감상 그리고 연극 관람 등 외부에서 수동적으로 받는 정신적인 활동을 취미 생활로 하는 이들도 있다. 그런가 하면 우표나 수석, 분재(盆栽), 세계화폐, 골동품 등을 수집하는 일을 취미로 여기는 사람들이 있고, 그리고 남을 도와주는 자원봉사와 같은 보람 있는 일을 취미로 여기며 사는 이들도 있다. 이 모두는 말 그대로 취미이다.

반면에 취미와 다른 생명이 있다. 취미는 선택이지만 생명은 필수적이다. 취미 생활은 해도 되고 안 해도 되지만, 생명을 위한 것은 반드시 해야만 하는 명령에 따른 의무이다. 그 예로 등산은 해도 되고 안 해도 되지만 생명을 위해서 숨 쉬는 일, 밥 먹는 일은 반드시 해야만 한다. 왜냐하면 생명과 직결되기 때문이다. 중한 병이 들면 아무리 돈이 들고 시간이 소요된다고 할지라도 그 병을 고치기 위해 이 모든 것들을 다 바칠 각오를 한다. 다름 아닌 살기 위해서이다. 이 점에서 취미와 생명은 근본적으로 다르다.

전도를 하다 보면 간혹 어떤 사람들로부터 이런 말을 듣게 된다. "나는 교회 취미가 없어서 안 나갑니다." 또 어떤 이들은 "아무리 교회 재미를 붙이려고 해도 나는 취미가 없어서 안 됩니다."

그러면 그들에게 이렇게 되묻는다. "당신은 밥 먹는 것을 취미로 여기십니까? 아니면 생명을 위해 먹습니까?" "당신은 숨 쉬는 일을 취미로 하십니까? 아니면 생명을 위해 하십니까?" 이 물음에 대해 그들은 당연히 살기 위해 먹고 숨 쉬고 하는 것 아니냐고 말한다. 그러면 다시 그들에게 이렇게 전하곤 한다. "마찬가지입니다. 예수님 믿는 것은 취미 생활을 하기 위해 믿는 것이 아닙니다. 예수님 믿는 일은 생명이기 때문에 믿어야 합니다." 이 말에 그들은 맞다는 듯 고개를 끄덕인다.

그렇다. 교회를 어느 순간까지 취미로 다닐 수 있을지는 모르나, 예수님 믿는 일은 생명이라고 하는 고백이 있을 때만이 진실하고 영원하다. 그런데도 적지 않은 사람들이 보이는 것에만 관심을 두고 취미 생활을 즐기려 하기에 정작 보이지 않는 것 속에 담겨 있는 보화를 발견하지 못하고 살아가기 일쑤이다. 그러므로 신앙은 취미의 수준과는 비교할 수 없는 위대한 생명의 수준으로 사는 행위이다.

생:명, 글자 그대로 생명(生命)은 하나님이 생(生), 즉 살라고 명(命), 즉 명령해놓은 엄중하고 고귀한 선언이다. 이러한 우리의 생명은 오직 하나님의 주권 아래 놓여 있다.

"너희는 나를 찾으라 그리하면 살리라."(암8:4) "너희는 내게 나아와 들으라 그리하면 너희 영혼이 살리라."(사55:3) "내 명령을 지키라 그리하면 살리라."(잠4:4) "나는 부활이요 생명이니 나를 믿는 자는 죽어도 살리라."(요11:25)

땅의 외치는 소리를 들으라!

어느 시골에 소박한 주민들이 살고 있었다. 초가 삼간 정든 집 울퉁불퉁 부엌살이 거미줄이 곳곳에 제집을 짓고 나무 때랴 왕겨 지피랴 괜한 눈물 지으면서 아궁이에 불 때던 그런 시골에서 살아가던 날들이었다.

이들은 낮이면 논밭에 나가 일하다 매양 달이 떠오를 저녁이면 집에 돌아와 정담을 나누면서 피곤도 잊은 채 시간 가는 줄 모른다. 조그만 색다른 음식이 있어도 이 집 저 집 돌리며 나누기를 좋아한다. 어려운 일 당하노라면 모두가 아교풀처럼 끈끈하게 돕는 것은 능사다. 아이들도 밤늦게까지 온 동네를 소리치며 다니지만 지칠 줄도 모르고 마냥 즐겁기만 하다. 더운 여름날이면 아이들은 마을 앞에 흐르는 맑은 시냇가에 단숨에 달려가 땀에 젖은 옷을 훌훌 벗어 던지고 알몸인 채 앞다투어 첨벙 뛰어들어가 물장구치고 노는데 시간 가는 줄 모른다. 물놀이하던 중 얄궂은 형들 때문에 적잖게 물배 채우기 일쑤이다. 그래도 그렇게 채워진 물로 인해 배탈 나는 법이 없다.

때로는 수풀 사이, 돌 틈 사이에 손을 넣어 고기를 잡기도 한다. 깨끗한 물, 싱그러운 들녘, 맑은 자연, 청순한 촌심(村心) 속에 영글어져 가는 무공해 아이들, 그들은 무공해 환경 속에 배태된 맑고도 고운 하늘 아이들이었다.

그런데 어느 때부터인가 이곳 시골에는 사나운 바람이 불기 시작하고 이상한 유행병이 번지기 시작했다. 땅을 버리고 삭막한 도회지로 이주하기 시작한 것이다. 마을에서 그토록 크게 들리던 아이들의 우렁찬 목소리도 시름시름 사라지기 시작했다. 오늘은 이 집, 내일은 저 집 함께하던 아낙네들의 발길도 뜸해지기 시작했다. 들녘, 산새들의 속삭임도 인사말도 없이 어디론가 훌훌 떠나고 다시 찾아오지 않았다. 저녁이면 그토록 아름답게 들리던 풀벌레들의 교향곡 같은 아름다운 노래와 구성지게 들리던 개구리의 합창 소리도 우리의 귓전에서 점점 멀어져간 것이다. 대신 땅이 신음하는 소리를 외치며, 수목 등도 공해에 고통에 못 이겨 호소해 온다.

"우리의 생명을 더 이상 빼앗지 말라고…."

서울물 먹은 사내애들, 부산물 먹은 큰 애기들 명절이면 보답한답시고 시골 장바구니 한 망태에 가득 채워 찾아온다. 서울물, 부산물 먹던 부모님도 이젠 무공해도 좋지만 고생만은 싫단다. 그러던 중 어느 날 시골집이 알아보기 힘들만치 리모델링되었다. 수세식 화장실, 현대식 거실, 입식 부엌….

게다가 더 놀라운 사실이 있었다. 집 앞을 흐르던 물과 나는 이렇게 중얼거리면서 대화하고 있는 것이었다.

"수세식에서 흘러나온 오물물아! 너희들 어디로 가는 길이야?"

이들이 대답한다.

"그대들의 집에서 나와 그대들 마을 앞을 흐르고 있는 시냇물로 가지!"

나는 그 순간 현기증이 나기 시작하며 죄책감에 마음이 무거워졌다. 어릴 적 깨복쟁이 친구들과 물장구치며 먹던 그 물, 한편에선 세수하며 빨래하던 그 물 아니던가!

안돼 안돼 안돼. 과거로 돌이킬 수 없는 그런 세월을 살아오는 동안 외쳐보지만 지금 와서 보니 우리는 결국 그 아름다운 자연을 마구 훼손하고 해친 그 엄연한 대가를 톡톡히 받는가 보다.

노잣돈 관행

　　몇 해 전 교회 권사님 한 분이 80세를 일기로 하
나님 품으로 돌아가셨다. 돌아가시기까지 1년여 이상 몸이 편찮
아서 요양병원에 계시다 보니 몸이 호전되지 못한 상황에서 이
땅의 수고를 그친 것이다. 상주인 아들로부터 장례 일정을 주관
해달라는 부탁을 받고 다음 날 입관예식 장소인 인천의 모 장례
식장에 교인들과 함께 가서 진행했다.

　입관예식을 하다 보면 지역 장례식장마다 약간씩 다른 관습을
경험한다. 그 이유는 장례사들이 하는 방식에 따라 고인에게 수
의를 다 입히는 등 모든 과정을 다 마치고 관에 넣은 상황에서
관 뚜껑만 개방한 채 입관예식을 해당 장소에서 하는 경우가 있
는가 하면, 이번 장례식장과 같이 시신을 관에 모시기 전 테이블
에 누인 채 입관예식을 하는 경우가 있다.

　이런 입관예식이 다 끝나자 장례사들이 교인들은 가고 유족들

과 내가 지켜보는 가운데 그다음 순서인 시신을 관으로 모시는 과정에서 관 뚜껑을 닫기 전 일명 노잣돈을 요구하는 것을 보았다. 이런저런 말을 장례사가 유족들에게 건넨다. 예컨대 "마지막 가시는 길 드시고 싶은 것 드시라고…" 등등.

어느 자식인들 어머니를 마지막 떠나보낸다는 그 입장에서 주머니에게 있는 돈을 아끼랴? 그러자 사위 한 분은 돈 봉투를 호주머니가 없는 고인 수의 가슴께에 끼워놓는다. 또 장례사는 계속 시간을 지체하면서 노잣돈을 드릴 것을 다시 멘트한다. 이번에는 아들이, 딸이 현금을 끼워놓는다.

요즘은 장례사들이 거의 이런 요구를 하지 않고 여름철의 경우 땀을 뻘뻘 흘리면서 유족들이 보기에도 고마운 마음으로 최선을 다해 그들이 할 일을 묵묵히 하는 게 바뀐 장례문화이다. 그러나 이곳은 달랐다.

이에 집에 와서 그 장례식장에 전화를 걸어 당직 책임자에게 방금 있었던 일이라면서 사실을 설명했다. 다른 장례식장의 예를 들어 이런 일은 유가족들이 말하기에는 거북스러운 일이라 이야기하기 힘들지 모르지만 종종 집례하는 목회자 입장에서 볼 때 시정했으면 좋겠다고 조언했다. 그랬더니 죄송하다는 말 대신 마지못해 "알겠다"라고 답변하는 정도로 반응하기에 이 정도에서 마치고 끊었다.

좋은 미풍양속이 있다면야 당연히 보전 계승해야겠지만 그렇지 않고 이번처럼 유가족 마음의 약점을 이용한 시신을 앞에 놓고 노잣돈을 흥정하는 듯한 퇴행적인 관행은 사라져야 마땅하다. 그 돈을 고인이 가지고 갈 수도 없는데도 잠시 후 화장할 시신의 수의에 꽂으라고 한다. 그렇다고 돈을 화장할 때 불태우면 법에 위배된다.

장례식장비 외에 고마운 마음으로 예식을 다 치르고 난 후 건네는 봉투야 흠이 될 수 없겠지만 시신을 유족들 앞에 놓고 이런저런 빌미를 이유로 노잣돈을 요구하는 것은 옛날 상여를 메고 험한 산길을 가던 당시 문화와는 사뭇 다르다. 마음 아파하고 약한 유족들을 향해 무례한 요구는 아직도 우리 사회 어두운 구석에 남아 있는 청산해야 할 빗나간 관행 중의 하나가 아닐까 싶다.

함께 가자 우리 그 길을

여기 인생을 좀 더 의미 있게 살려 하기에 물음을 더해가며 만남에 만남을 더해가고 있는 영글진 모임이 있다.

이들은 싱싱하고 막 쪄낸 찐빵처럼 뜨끈뜨끈한 사내아이들과 큰 아기들로서 도란도란 모여 앉아 진지한 삶을 나누는 자들이다. 이들 모두는 사실 그 차이에 있어서는 다르지만 저마다 많은 갈등을 잉태하고 온 자들이다. 그러나 안타깝게도 남이야(南伊野), 문제아(文題兒), 한심해(韓心海), 주조장(朱造長), 이번만(李番萬), 도라와(都羅瓦), 어거지(魚居地) 등 모임에 참석하지 못한 이들도 있었다.

어느 날 큰 애기들 가운데 평소 전도서를 보며 헛된 인생이 오기 전에 말씀의 은혜 가운데 촉촉이 젖기를 원하는 허무해(許無海) 큰 애기가 이런 제안을 했다.

"우리 먼 곳으로 여행을 떠나요. 미움이나 다툼, 죽음이나 고통이 없는 그 아름다운 곳, 독사굴에 손을 넣어도 물지 않는 참된 평화가 있는 그곳으로 말이에요."

이에 가장 먼저 조아해(趙我海)가 긴급동의를 하면서 분위기가 고조되기 시작했다. 순식간에 모두가 동의한 가운데 다음 주 만날 때까지 구체적인 시간과 필요한 표, 그리고 기타 준비물을 두 큰 아기들이 책임지기로 하고 저녁 11시쯤 헤어졌다. 그러나 늘 희망 사항으로 끝나버리는 이들에게 약속을 어기게 됨은 불가피한 현실인가 보다. 그들 가운데 차라리(車羅利), 안가요(安假要)라는 큰 애기들, 이세상(李世上), 신거운(申去雲)이라는 사내아이는 바쁘다는 이유로 불참을 통고해왔다. 반면에 소식이 멀던 나라도(羅拏道)와 황급희(黃急姬)라는 두 큰 아기들이 당일에 헐레벌떡 뛰어와서 그 대열에 합류하게 되었다. 이들 가운데 믿음이 충만한 오직주(吳直主)라는 사내아이는 항상 주바라기로 모든 이들의 귀감이 되는 친구였다. 한참 순례의 길을 가는 도중에 원대로(元大路)라는 큰 아기와 안이야(安耳野)라는 큰 아기가 "제발 우리 하고 싶은 대로 내버려둬요" 하는 바람에 애를 태우기도 하였다. 그들의 이유인즉 너무 힘들기 때문이라는 것이었다. 여기에 설상가상으로 고생한(高生漢) 머슴아, 최루탄(崔淚彈) 큰 애기는 견디다 못해 엉엉 울며 그칠 줄을 모르기에 이들을 달래기 위해 유별난(柳別難)이란 사내아이가 자원하여 나섰다.

어느덧 세월이 흐르고 흘러 산천도 초목도 새롭게 변하여 갔다. 이제 목적지에 다다르게 되었나 보다. 어디선가 희미하게 들려오는 소리 "이쪽이야, 이쪽." 두 손을 흔들어 보이며 소리치는 사내아이는 다름 아닌 여기다(呂基多)였다. 모두가 소리치는 그곳을 향해 일제히 뛰기 시작했다. 그러나 조금도 힘들어하지 않는 것이 이상할 정도였다. 그곳에 이르자 두 문이 있었다. 한 문은 좁은 문이요, 다른 문은 아주 넓은 문이었다. 모두 무심코 넓은 문 쪽으로 가고 있을 때 안내자(安內子)라는 큰 아기가 급히 달려와 좁은 문으로 들어가도록 안내를 해주었다.

나중에 안 사실은 그 넓은 문은 무저갱으로 가는 길이었다는 사실에 모두 가슴을 쓸어내렸다. 그런데 이 좁은 문도 누구나 통과할 수 있는 것은 아니었다. 왜냐하면 표가 없는 사람은 들어갈 수 없었기 때문이다. 표를 검사하고 있는 검표원의 가슴에는 문지기(文知己)라는 이름표를 달고 있었다. 그동안 모두는 서로 돕고 섬겨온 결과 그 좁은 문을 통과할 수 있었다. 넓은 마당에 들어서자마자 박수로(朴手路)를 비롯한 신이나(申二那), 기차개(奇車開), 노래해(盧來海), 손잡고(孫雜高) 등이 반주자(潘奏者) 큰 아기가 연주하는 웅장한 오르간에 맞춰 춤을 추며 환영 잔치를 베풀어주었다.

곧이어 갔던 곳은 눈이 부서서 볼 수 없을 만큼 각양각색의 보석으로 장식된 곳이었다. 이때 예전에 보석상을 경영한 바 있는 금사요(金私要)라는 사내아이가 있었다. 그가 임자 만난 듯 아주 자세하게 그 보석들의 이름을 설명해주었다. 즉 이것은 녹보석, 저것은 홍보석, 그 옆은 남보석, 맞은 편은 청옥 등….

설명을 들으며 형언할 수 없이 아름답고 찬란히 빛나는 곳을 얼마쯤 걷다 저녁 식사 시간이 되어 한 식탁에 둘러앉게 되었다. 이때 무슨 생각엔가 골몰해 있는 한 사내아이가 있었다. 그는 민망해(閔惘海)였다. 그도 그럴 것이 같은 자리에 있어야 할 동료들의 모습이 보이지 않았기 때문이다.

그들 중에는 불행하게 나중애(羅中愛), 하차한(河車漢), 배반자(裵反者), 사기군(司欺君), 우상을(禹像乙), 이단을(李端乙) 등이 포함되어 있었다.

이들은 천국에 이미 와있던 제대로(諸大路), 주리라(朱利羅), 하나로(河那路), 이거야(李巨野), 진실로(陣實路), 기가차(奇可車), 우습다(禹習多) 등과 어느 날까지는 함께 있었다는데 말이죠….

친구야!

이 내 한 몸 언젠가 다시 영원히 사는 곳으로 돌아가리라.

누군가 기다림에 지쳐 홀로 된 그를 향해

친구야! 널 찾아가련다.

날 보지 않으렴?

날 보아도 볼 수 없을 때 거듭나서 보거라.

널 살아 볼 수 없다면 죽어 만날 수 있으리라.

※ 한자어 중 맨 앞 글자는 실제 우리나라 姓氏들임(예: 金, 李, 鄭, 安, 車, 吳, 韓, 南 등)

※ 이 원고 제목으로 필자는 『월간 창조문예』에 수필가로 등단했다.

페친 주의보! 왓츠앱 주의보!

국제 사기단의 가짜 보딩패스

　'사람은 무엇으로 사는가?'에 대한 물음에는 저마다 다른 대답이 나올 수가 있다. 하지만 행복의 기본적인 틀은 톨스토이가 쓴 책 제목인 바로 이와 동일한 질문에서 찾아볼 수 있다고 본다. 그는 이 책에서 두 가지 행복론을 제시한다. 하나는 거룩하신 하나님을 믿고 따르는 수동적인 신앙이다. 이를 위해 죄를 회개하고 속죄받은 기쁨을 누리며 살아가는 삶이요, 다른 하나는 노동의 신성함이다. 수고의 땀을 흘리며 일함으로써 보람을 찾고 자기 존재의 완성도를 높여 가는 능동적인 기쁨의 삶이다.

그런데 이런 행복감을 찾기보다는 최근 정보통신의 발달로 신종 사기 범죄가 극성이다. 아마도 가정마다 한두 사람쯤은 이런 피해자가 아닐까 싶다. 전혀 자기 의사와 상관없이 휴대폰을 잘못 터치하거나 또는 호기심에 터치했다가 봉변을 당하는 사람들이 늘어나고 있다. 그래서 경찰청에도 이전에 없던 부서가 오래전 신설되었는데 바로 '사이버수사대'이다. 이뿐만 아니다. 휴대폰 기능이 발전되면서 전혀 낯선 외국 사람과도 소통이 가능한 시대가 되었다. 예컨대 우리나라 사람끼리 주로 소통하는 카톡, 나아가 이에 못지않게 많이 활용하고 있는 페이스북, 이외에도 최근에 알게 된 왓츠앱(WhatsApp) 등 다양한 소통 매체는 지구촌의 온 세계를 한 손안에 옮겨놓을 정도로 혁명적인 이 시대를 현대인은 살아가고 있다.

그런 가운데 문명의 이기(利器)는 인간의 한계성을 뛰어넘어 놀라운 일을 함으로써 편리함, 신속함, 가상세계, 대량생산 등 생산성의 극대화, 경제적인 막대한 이윤 창출 등 헤아리기 힘들 정도로 급속한 변화를 경험하고 있다. 결국 우리 삶의 수단이나 방법만이 아닌 우리 정신구조까지 획기적인 개편을 가져오고 있다. 그러나 반면 문명의 이기는 이에 못지않게 큰 피해와 불신을 동시에 야기하고 있다. 예컨대 특정 집단의 삐뚤어진 종교 신념이나 사상 체계로 인한 인명 살상과 전쟁 광분자들, 그리고 인간의 탐심과 물욕으로 인한 사기와 불신 풍조는 한 나라 안에 국한

하지 않고 국제 사기단이 버젓이 맹위를 떨치고 있다.

최근 나의 부끄러움을 피력하고자 한다. 그 이유는 나와 같은 동일한 피해자가 나오지 않기를 바라는 마음에서이다. 페이스북에서 국경없는의사회(MSF) 소속 의사라고 자신의 프로필에 소개한 의사인 줄 믿고 페이스북 친구가 되어 메시지를 주고받던 적이 있다. 그는 일본 출생 미국 국적으로 아프카니스탄 카불에서 의료활동을 하고 있다는 사진도 보내왔다. 그러다가 한국에 오겠다는 소식까지 전해왔다. 그러면서 튀르키예(옛 이름: 터키)를 거쳐 한국에 도착한다는 보딩패스 사본(사진—나중에 가짜로 밝혀짐)을 보내왔다. 그 이전까지 별 무리 없이 더욱이 국경없는의사회에 속하여 좋은 일 하는 분이 한국에 오겠다고 하니 7년 동안 위험한 지역에서 힘든 사역 그만두고 잠시 쉴 겸 해서 좋다고 여기고 동정이 갔다.

그런데 문제는 자신이 있는 곳을 떠나기 위해서는 사직과 개업에 필요한 수수료가 발생한다며 그것도 우리나라 우리은행 통장으로 1,200달러 입금 요구를 하였다. 금전을 요구하는 것 자체가 이상히 여겨 반응하지 않았다. 2주가 지나도 내가 아무 반응이 없자 이제는 미국 운전면허증, 의사 체크카드, 여권 사본을 다시 보내왔다. 믿어달라는 의도였다. 전화까지 몇 차례 받았다. 그러자 아무래도 의심스러워 내가 물었다. "당신이 확실히 신분증의 사람 그 이름과 같은 사람이 맞느냐?"라고 질문했다. 그랬더니 이런 짤막한 영어로 나를 무안(無顔) 주었다. "Listen to yourself." 이 뜻이 무엇인가. 처음에는 잘 몰랐는데 나중에 알고 보니 "말이 되는 소리를 해" 이런 뜻이었다. 즉 도리어 내가 말도 안 되는 질문을 했다는 말이었다.

결국 이 사실을 잘 알 수 있는 두 분에게 지금까지 과정과 내용을 보내준 후 문의했다. 한 사람은 경찰청에 근무하는 사촌 동생에게 알렸다. 그러자 미국 대사관에 알아보겠다고 하더니 얼마 후 연락이 왔다. 여권도 1945년생 남자 여권을 위조한 것이고, 운전면허증도 가짜라고 판독을 해왔다. 또 다른 분은 미국에서 오래 살았고 지금도 자녀들 모두 미국에 살고 있기에 한국과 미국을 오가는 사모님에게 문의했더니 말이 떨어지기가 무섭게 즉답이 왔다. "남의 것 도용한 가짜이고 100% 사기꾼입니다." 똑같은 답이었다.

이른바 문명의 이기를 악용한 신종 사기 범죄, 국제 사기단이 이런 식으로 페북과 왓츠앱 이용자들과 국경을 초월하여 드나들며 국제사기 행각을 벌이고 있다는 데 씁쓸하기 그지없다. 더욱이 선한 사역에 힘쓰고 있는 '국경없는의사회(Medecine Sans Frontiers)' 이름을 팔고 의사 사칭한다는 점이다. 이런 일은 한 사람이 아니라 팀을 이룬 사기단으로 활동하고 있다는 사실을 이번에 알았다.

앞으로는 우리나라 친구들도 잘 만나야 하겠지만 페북, 왓츠앱 친구도 함부로 만나는 일을 조심해야 할 것 같다. 특히 외국인은 아예 차단해야 한다. 어떤 경우 허접한 한국말 번역기를 사용하는 건 금방 알 수 있지만 이번처럼 영어로 대화하다 보면 여러 가지 서로 일상적인 평범한 얘기 나누다 갑자기 계좌로 송금 요구할 경우 그때는 즉시 친구를 끊어야 한다. 왜냐면 이들은 100% 국제 사기단의 돈을 노린 고등 수법이기 때문이다. 나도 이번에 처음으로 이 사실을 뒤늦게 알았다. 다행히 아무 피해를 당하지는 않아 감사할 일이다. 아울러 이러한 동종의 피해자들이 없기를 바란다.

"페친 주의보! 왓츠앱 주의보!"

진실 공방(攻防)

정치권에서 후쿠시마 원전 오염수 방류를 놓고 공방이 치열하다. 동일한 문제에 대해 여야 간의 첨예한 시각차다. 여당에서는 이미 이전 정권 때 허용한 사안이라고 주장함은 물론 과학적 근거에 의한 엄격한 국제 기준에 따르고 있으므로 문제없다고 주장한다. 반면 야당에서는 일본에 저자세 굴종 외교라고 비난한다. 따라서 국민에게 양당 모두 안심시키기보다는 불안감과 의혹감을 떨쳐버리지 못하고 심지어 국민을 편 가르기로 정파 싸움으로 번지게 하는 양상이다.

그렇다면 어느 한쪽이 옳다고 할 때 또 다른 한쪽은 선동 내지는 거짓 둘 중의 하나다. 정략적인 차원에서 국민을 볼모로 잡고 있다는 의혹을 떨쳐버리기 힘든 이유다. 게다가 이런 일에 기독교계 안에서까지 일부 운동권에 속한 자들이 국제원자력기구(IAEA) 보고서 전문과는 무관한 왜곡된 주장으로 맞장구치고 있다.

하지만 정부 측 입장은 IAEA 보고서를 존중하여 세계 최고의 권위있는 과학자들의 합의된 문서라고 근거를 밝힌다. 이 보고서에서 인체에 무해하다고 했는데도 국내 정치 수준에서 세계적으로 검증된 과학자료를 비난한다면 자당의 당리당략을 위한 소아 병리적 차원의 혹세무민을 일삼고 있을 뿐이다.

깨어 있고 대한민국의 정체성을 지닌 역사의식이 있는 국민 대다수는 이같이 걸핏하면 국민을 볼모로 하는 선동정치에 신물을 느끼고 있다.

나는 역사를 통해 배운 신사 참배 강요와 우리나라가 약소국일 때 우릴 식민지화한 일제 침략을 규탄한다. 그러기에 결코 친일주의도 아니다. 그렇다고 논리적 근거도 없이 부화뇌동하고 반대만 일삼는 국수주의의 반일도 아니다. 다만 극일일 뿐이다.

그리스도인은 하나님이 주신 자연을 이권에 눈멀어 마구 훼손하여 이익을 챙기려는 이기적 탐욕을 당연히 거부해야 한다. 수십 년 전 우리나라에서 수질오염이란 말은 생소한 용어였다. 동네 강가에서 멱을 하며 물을 들이켜도 배탈이 나지 않을 만큼 깨끗하고 안심했다. 그러나 도시화, 인간의 이기적 욕망으로 인해 이제 그런 낭만적인 개울가는 영영 볼 수 없게 되었다.

지나친 욕망을 버리고 서로 공조하는 사람은 한 국가 안에서만이 아니다. 국제사회 교류에서도 생명의 위협을 가하는 위해 행위이기에 근절되어야 한다. 아무리 외화수익이 늘더라도 포기

해야 한다. 대신 하나님이 보시기에 좋다고 만드신 자연을 잘 보전할 때 한 영혼의 소중함을 존중하는 마음으로 서로 생명의 공조체제로 협력할 수 있을 것이다.

문제는 진실공방(攻防)이 아닌 선동용으로 국민을 볼모 잡아 현혹한다면 국민의 동의는커녕 지탄을 받아야 마땅하다. 이런 일은 예수님을 십자가에 못 박을 때도 선동하는 종교지도자들로 인해 무리가 소리를 높였다. 그러나 진리이신 예수 그리스도, 즉 복음은 묻히지 않고 여전히 증거되고 있다. 이러한 복음은 영원하다.

나의 미래에셋

자본주의 시장경제는 내가 경영하는 기업으로 이윤을 남겨 국가에 기여하고, 소유한 땅에서 수고한 것을 벌어들여 내 개인이 소유하도록 인정하는 제도이다. 반면에 공산주의는 아무리 자신이 수고했을지라도 이윤추구로 인한 사유재산을 인정하지 않고 국가가 통제하는 유물론적 통치 이념을 추구한다는 점에서 자본주의와 근본적으로 큰 차이를 보인다.

사람은 떡(물질)으로만 살 수 없다. 동시에 벌어들인 재화를 이용하여 선한 청지기로서 공공의 유익과 사회에 덕을 세우는 일을 할 수 있다. 인간은 고등동물이다. 따라서 육신이 원하는 대로 욕구 충족만 되었다고 만족하거나 이것으로 행복할 수 없다. 심리적인 안정, 삶의 의미와 가치, 그리고 자아실현을 위한 사회적인 인정의 더 나은 욕구를 추구하고자 한다. 예컨대 사회적인 명예욕, 권력욕 등이 그것이다. 일반적으로 자연인은 이쯤에서 행복이라고 말한다.

그러나 종교는 여기에서 더 나아간다. 인간 죄악의 본성을 인정하고 나를 지으신 하나님께서 예수 그리스도를 믿음으로 하나님 자녀 되게 하신 진리를 추구하고자 하는 또 다른 욕망인 거룩한 갈망, 영적 목마름의 세계가 있음을 알게 해준다. 그것이 성경에서 영생을 가르쳐주는 기독교 진리다.

그런데도 이 땅에 사는 동안 역시 육신적인 한계, 세상 풍조에 밀리거나 따라가며 사는 게 실존적인 삶의 현실이다. 그러다 보니 앞에서 언급했듯이 자본주의 사회에서 개인의 사유재산이 인정되고 이윤추구를 하는 자유 시장경제하에서 가진 자와 못 가진 자는 불가피하게 발생하기 마련이다. 예컨대 부동산 투기도 등장한다. 최고 좋은 학군이란 지역도 생겨난다. 빈부의 격차가 크게 나타나기도 하는 등 다양한 높낮이가 있을 수밖에 없는 사회 구조적 모순을 피할 길이 없다.

이런 현상은 목회 현장도 마찬가지다. 억대의 연봉을 누리는 목회자도 있는가 하면 이중직을 갖지 않으면 근근이 살아가기 힘들 정도의 열악한 환경에 처한 목회자도 있을 정도로 극과 극이다. 나는 30여 년 목회해오는 동안 통장에 잔고를 쌓아놓은 목회를 해 본 적이 없다. 교회를 이동하다 보면 그 이전 교회에서 받은 쥐꼬리만 한 전별금마저 다음 교회에 모두 헌금하고 말았기 때문이다. 게다가 어떤 경우는 자녀를 위해 또한 통장을 깨서 헌금하곤 했으니 잔고가 있을 리 없다. 그렇다고 이중직을 해야만 살아야 할 만큼 빈곤한 목회를 해오지 않았다. 그때그때 하나님의 은혜로 일용할 양식을 채워주심을 경험한다. 말하자면 부족하지도 않고 남지도 않게 살아오고 있다. 욕심 같아서는 나도 중국 배우 주윤발같이 8,100억의 재산을 기부하고도 행복하다고 한 그런 행복감도 맛보았으면 하는 소망이라도 품어본다.

하지만 그건 고사하고 내게는 제도권 목회가 10년도 채 남지 않았는데 노후 준비 하나 되어 있지 않다. 국민연금도 들지 않았다. 그렇다고 노후에 어떻게 살 수 있을까 궁리해본들 답이 없다. 걱정해서 될 것도 아니기에 이미 접었다. 앞으로는 어떨지 모르겠으나 도리어 지금 심정으로 작정하기는 앞으로 최저 기초생활비로만 내 생활을 하고 혹여 기초생활비 외에 남는 건 쌓아놓지 않고 누군가를 위해, 또한 어딘가를 위해 구제든 선교든 하고 내 남은 생애를 살리라. 다만 내 자녀는 하나님의 손에 전적으로 맡기므로 하나님이 키워주시는 최고의 교육 방법에 의존하고서!

이런 행복한 미래에셋을 설계하는 소박한 목회자로, 그리고 시류에 편승하지 않은 당당하고 소신 있는 목회자로, 그리고 거룩한 애국 목사로 영원히 기억되길 바라는 마음 간절하다.

이분법의 국민 분열로
반사이익 집단을 경계한다

기득권 가진 자들의 권력의 횡포든, 상대적으로 힘의 우위를 가진 자들의 폭력이든 자유민주주의와 법치주의 사회에서는 이유 여하를 막론하고 모든 종류의 폭력은 결코 용납될 수 없는 일이다.

그런데 최근 이해하기 힘든 뉴스들을 심심치 않게 접하게 된다. 몇 해 전 현직 남녀 국가대표 프로배구 선수 중에 20년 전 혹은 10여 년 전 중학교 때 이들 선수에게 폭행당했다는 주장이 제기되면서 구단으로부터의 여기에 연루된 일부 선수는 선수 생명인 출장정지는 물론 대표팀, 지도자 자격까지 박탈당하는 중징계를 당했다. 또 남자 선수 중에는 현재 조사 진행 중인 선수도 있다고 한다.

그들의 폭력 행위는 이유를 불문하고 물론 정당화될 수 없다. 그런데 왜 지금까지 잠잠하다 10년, 20년이 지난 이제야 당시 상황의 전 이해 없이 오늘의 인권 만능주의 잣대로 재단한 나머지 여기저기서 이런 비슷한 사건을 사회 이슈화해서 다루고 있는지 이해하기 힘들다.

이런 식으로 접근한다면 비단 20년 전 것만이 아니라 30년, 아니 수십 년 전 당한 자들을 위해 현대판 신문고를 가동해야 형평성에 맞는 것 아닐까? 이에 지금까지 배구계와 유사 피해당한 자들의 주장을 전국에서 접수하여 지위고하를 막론 일벌백계하고 부패와 부정, 불법을 다 파헤쳐야 하는 것 아니겠는가?

그러고 보니 내 경우도 고등학교 태권도부원 시절 선배들에게 단체로 기합받고 엉덩이가 멍들도록 맞았는데 신고하면 그 가해자가 처벌받아야 하는 건가? 하지만 나는 그 선배들에게 폭행당했다는 기억도, 피해의식도 전혀 갖고 있지 않다.

따라서 배구계 폭행을 두둔할 생각은 추호도 없지만 다만 특정한 시대와 그 상황을 읽지 못하여 일괄적인 잣대로 잴 수 없다는 점을 간과하고 있다는 점에 대해서는 지적하고 싶다.

이와 함께 요즘 들어 국민통합으로 가도 힘든 시국에 왜 이토록 이분법으로 국민 분열을 조장하는지 그 사건 자체보다 더 큰 문제가 아닐 수 없다. 그 배면에 깔린 계략과 정체를 밝혀 드러내는 일이 시급한 문제이기도 하다. 국민에게 신뢰를 잃은 정책이나 제도 법 적용은 아무리 전문가의 제안일지라도 더 큰 혼란만 가중할 뿐이며 또 다른 피해자 내지는 역차별을 양산한다는 사실을 잊지 말아야 한다.

예컨대 가진 자와 못 가진 자, 혐오와 차별받는다고 주장하는 성 소수자와 가해자? 성차별, 성폭력, 성적지향, 성 평등, 성인지 감수성(젠더)….

누가 위와 같은 세간에 보편화되지도 않은 생소한 용어 프레임에 능하고 전략적으로 구사하고 있는가를 잘 살펴보면 그 저의가 대단히 의심스럽다. 정작 말도 못 하는 진정한 약자는 따로 있는 건 아닐까? 왜냐면 실제와 달리 그런 용어를 표방할 뿐 고도의 숨은 의도가 심상치 않다는 점이다. 이는 마치 1960년대를 거쳐 사회 민주화의 물결이 봇물 터지듯 한 1980년대 혁명가들의 부르주아·프롤레타리아 식 계급투쟁을 부르짖던 이후 문화 마르크시즘의 옷으로 갈아입은 시대적 변형의 전술에 가깝다는 생각을 지울 수 없기 때문이다.

이와 함께 인권, 차별, 평등의 용어 전략을 내세워 소신 있게 처신해왔다고 하는 지난 서울시장에 출마했던 모 후보가 생각난다. 그는 당시 퀴어 집회 참석한 것을 자랑하며 이와 같은 다양한 목소리에 귀 기울여야 한다는 차원과 성 소수자 약자라고 지칭한 동성애자들을 '글로벌 스탠다드'라고 주장하는 이들과 무관해 보이지 않는다.

대체로 우리 한국 사회뿐 아니라 위에서 말한 그런 후보의 표현대로 세계적 추세요, 시대정신이라고 하는 그들의 주장의 실체를 알고 있는 복음주의 목회자들과 역량 있는 신학자들에게는 간과할 수 없는 위험한 경계요소인지를 인식하고 있기에 우려하는 바가 심히 크다.

'한 번도 경험해보지 못한 나라 만들겠다'라는 공약이라든가, 적폐 청산 운운하는 자들, 입만 열면 탄핵한다고 으름장 놓는 자들 대부분의 1980년대 학생 운동권 핵심 요원들이 초록은 동색이다.

이럴 때 교회 역할, 아니 적어도 복음적인 목회자들과 신학자들이 오늘 우리 앞에 놓인 역사의 현장에서 외쳐야 할 메시지가 시급히 요청된다. 우리 사회는 더 이상 이분법으로 국민 분열을 조장하여 반사이익을 챙기려는 혁명가들의 전투장으로 방치되어서는 안 된다.

따라서 이런 현실을 절대 용납할 수 없고 외면하지 않는다면 현재 우리가 직면한 상황에 복음적인 요청이 무엇이어야 하는지 적지 않게 고민할 때다. 적어도 이쯤 되면 나라와 민족을 위한 목회자와 신학자들의 연대 시국 선언을 주저할 이유가 없다. 이승만 초대 대통령은 『독립정신』이란 책에서 '나라를 해치는 자만이 나의 원수가 아니다. 나라를 구할 수 없다고 포기한 자 또한 나의 원수다. 내 마음속에 나라를 구하는 것을 기피할 생각이 조금이라도 있다면 내 마음 또한 나의 원수다…'라는 말을 남겼다. 그런 점에서 하나님 말씀을 맡은 예언자적인 사명과 역사적인 소명을 가진 자들의 책임은 실로 막중하다.

예컨대 나라의 위기를 보고도 방관하고 침묵한다면 이사야 선지자의 준엄한 경고를 피할 수 없다. 이사야는 당시 탐욕과 육체적, 영적 타락에 빠진 이스라엘 파수꾼들을 가리켜 "맹인이요 벙어리 개다"라고 질책했다. 이처럼 현실의 역사를 외면한 교회는 구원해야 할 세상에 희망을 주지 못한다. 하지만 영혼이 살아있는 그리스도인, 빛으로 오신 예수 그리스도로 무장한 그런 교회는 반드시 어둠의 세상 주관자들이나 권력 앞에 굴종하거나 침묵할 수 없다. 그 대신 진리의 싸움을 하거나 진리를 외친다. 왜냐면 어둠은 몰아내는 게 아니라 빛을 비추면 된다. 이 빛이 들어가면 물러가기 때문이다. 지금 이 시대 이것이 진리를 외쳐야 할 이유다.

마약 중독을 막아야 한다

지난해 우리나라 국민이 중국에서 마약을 판매하다 현지 단속반에 적발되어 사형이 집행되었다고 하는 보도를 접했다.

외교부는 "우리 정부는 인도주의적 차원에서 사형 선고 이후 다양한 경로를 통해 인도적 측면에서 사형 집행을 재고 또는 연기해줄 것을 여러 차례 요청한 바 있다"라고 밝혔으나 중국 정부는 이를 묵살한 것이다.

사형당한 남성은 중국에서 필로폰 5kg을 판매하려던 혐의로 조사를 받아왔다. 중국 형법 347조에 아편 1kg, 필로폰 또는 헤로인 50g 이상을 밀수·판매·운수·제조할 경우 사형 또는 무기징역이나 15년 이상의 형벌에 처할 만큼 엄하게 다스리고 있다고 한다.

한편 우리나라 청소년 마약 중독이 심각할 정도라고 하는 애기를 관련 실무자로부터 얼마 전 들은 바 있다. 이러다간 사회문제로 이어질 수도 있다는 우려도 낳고 있다. 무슨 문제인가? 청소년, 청년의 탈선이 종전에 단순히 술 담배, 반항을 넘어 성적 문란, 느낌과 자신의 자유를 극대화한 멘탈 붕괴, 마약 중독으로 인한 자아 분열 등 억제되지 않은 일탈한 감정 노출이 갈수록 심각하여 위화감을 조성하고 있다.

예컨대 몇 년 전 신림역 근방 묻지마 살해 사건을 비롯, 분당 서현역 등의 끔찍한 사건이 역 주변 등 특히 인파가 붐비는 곳에서 우리나라의 경우 20대, 30대에 의해 연일 저질러지고 있다는 사실이다.

갈수록 사회악이 심해지고 있다. 이럴 때 이 사회 보편적 가치인 권위가 무너져버린 교육 현장의 현실을 원점에서부터 재고할 필요성을 뼈저리게 통감하고 대책 마련에 편벽함이 없고 이 시대를 꿰뚫어 진단할 수 있는 전문가 그룹들이 시급히 나서야 한다.

아울러 교회가 이런 근본적인 인간의 악, 예컨대 하나님을 거역하고 종교로부터의 해방을 주장하는 흐름을 잘 분별해야만 한다. 왜냐면 이미 지난날 실패한 서구의 성 혁명 사상으로 교회와 가정을 파괴하는 이른바 뉴 마르크시즘의 신학계, 교육계, 정계, 노동계 문화 예술계 등에 침투한 온갖 반성경적 세력들에게 미혹당하지 않기 위함이다. 이를 위해 양심적이고 의지가 뚜렷하여 복음으로 무장한 신학계 학자들과 목회자들의 활발한 공조가 절실한 때다.

인공지능(AI) 챗GPT가 답한다고?

이미 몇 년 전부터 관공서에서 시민들의 주요 민원 사항인 교통, 여권, 보건소, 부서 안내 등에 대한 다양한 정보를 인공지능(AI: Artificial Intelligence)이 제공하고 있다. 이뿐 아니라 누구나 카카오톡 대화창에 '원하는 사항 구체적으로 말해줘', '아무개 친구 전화번호 알려줘', '관공서 근무 시간, 휴무일이 언제야?', '강당이나 축구장 시설 예약이 언제 가능하니 알려줘' 등 자연스럽게 대화체로 입력하면 이런 물음에 종전과 달리 사람 대신 인공지능이 답변해주는 방식이다.

그런가 하면 더 복잡한 질문도 있다. 즉 불확실한 미래나 예측이 힘든 의문에 대해 이와 같은 질문을 AI에 던져 그것이 빅 데이터를 통해 내놓는 답을 참고할 수 있다는 점에서 일부는 수긍이 가는 면도 없지 않다. 예를 들어 '지구를 위협하는 인간의 활동'에 관해 물었다. 이에 대해 '인간의 가치나 목표와 일치하지 않는 초지능 AI 시스템은 우리를 능가하거나 압도함으로써 인류에게 실존적 위협이 될 수 있다'라고 대답했다.

반면에 잘못된 답을 한 경우도 있다. 우리말 질문엔 취약한 면을 드러낸다고 한다. 예컨대 'KTX 서울역 근처에 아동과 함께 5인 가족이 식사할 만한 식당 알려줘'라고 물었더니 서울역이 아닌 엉뚱한 다른 역 인근 식당을 알려주는 오보도 있다고 한다.

더 놀라운 것은 조선 말 이완용이 어떤 사람인지 챗GPT에게 질문하자 조선의 독립운동가 중 한 사람이라는 황당한 대답을 내놓았다고 한다. 만약 역사를 전혀 모른 상태에서 이 정보를 액면 그대로 믿게 된다면 왜곡된 역사를 학습하게 되는 셈이다. 그렇지 않아도 거짓 정보, 왜곡된 정보가 많은 시대인데 더더구나 이런 인공지능에 의존하다가는 잘못된 지식은 물론이거니와 뇌 구조나 인간 존엄성의 상실마저 우려하지 않을 수 없다.

왜냐면 고도의 정신적인 물음에 답변하는 데는 한계가 있고, 한다고 한들 생뚱맞은 답을 내놓을 수 있기 때문이다. 더욱이 신적 영역의 뜻, 섭리의 물음을 하나님께 묻지 않고 장난삼아 무슨 컴퓨터에서 점치거나 사주 관상 보는 것처럼 앞으로 이런 기기에 의존한다는 것은 매우 위험하기 짝이 없는 과학이 주는 불행이다. 이런 것이 AI 챗GPT가 갖는 한계다. 즉 신이 우리 인간을 모든 면에 로봇 기계와 대화하도록 그렇게 창조했을 리가 만무하다.

그런 가운데 몇 년 전 서울대 총장이 그 학교 졸업식사에서 챗

GPT에게 물은 질문에 대한 답을 소개했다 '그 대학 졸업생들이 졸업하면 이후 무엇을 하면 좋겠는가?' 물었더니 챗GPT가 답하기를 '학교에서 갈고닦은 지식과 시간을 남을 돕는 데 사용하라'였다고 한다. 이에 그 총장은 이를 근거로 졸업생들에게 이 답을 가볍게 여기지 말라고 권면할 정도로 말하자면 총장이 할 말을 글 잘 쓰는 비서에게 맡기지 않고 로봇에게 요청해서 그 문장을 작성하고 그것을 그 학교 졸업생에게 전달한 셈이다.

바로 이처럼 사람에게 묻지 않고 사람과 대화하듯이 기계에 묻고 기계에서 답을 찾아 무슨 일을 하고 자기 앞길을 준비하는 시대에 살아가고 있다. 만약 이런 식으로 의존하게 된다면 문제가 없지 않다. 왜냐면 앞에서 이완용이가 누구냐고 물을 때 잘못된 정보를 제공했듯이 국가의 주요 정책을 그런 기계에 신뢰한다면 심각한 혼돈에 빠지지 않을 수 없기 때문이다.

우리 사회가 앞으로 아무리 최첨단 과학의 인공지능 시대가 된다고 할지라도 신의 영역에 도전하는 행위는 인류 문명의 불행한 역사를 자초한다는 사실을 세계 역사를 통해 교훈 삼고도 남음이 있다. 따라서 하나님 없는 과학은 만능이 아님을 인식할 필요가 있다.

이에 하나님 앞에 겸손히 순응하는 마음 자세로 문명의 이기를 만능처럼 여기기보다 부분적으로 사용하는 데 그쳐야 한다. 더욱이 하나님의 주권적인 영역―생명, 창조의 원리, 심판 등―에 도전하거나 반역하는 일은 다음 세대를 위해서라도 삼가야 할 것은 더 말할 나위가 없다.

제2부

거룩한 방파제로서의 교회

소리와 진리

　　1970년대 CF 광고 TV 방송 중에 당시 형사 콜롬보 역으로 유명한 故 최응찬 성우(1941~1984)의 '가래 기침 해소 천식에 용각산'이란 특유의 카피 문구가 기억에 생생하다. "(드르럭드르럭) 이 소리가 아닙니다. (드르럭드르럭) 이 소리도 아닙니다. 용각산은 소리가 나지 않습니다…."

그런데 성경에도 **소리**가 있고 **진리**가 있다. 소리 중에도 사람들(무리)의 소리가 있는가 하면 하나님의 소리—말씀—가 있다. 전자는 사실도 있지만 왜곡된 소리가 적지 않다. 반면에 후자의 하나님 소리는 생명의 소리이고 이를 가리켜 진리라고 말한다. 그런데 간혹 사람들(무리)의 볼멘소리가 하나님의 소리를 이기는 것처럼 보일 때가 있다. (눅23:23)

한편 꼭 들어야 할 소리 없는 소리로 크게 4가지를 들 수 있다. 첫째 자연의 소리, 예컨대 봄이 오는 소리 등 계절이 바뀔 때 자연현상에서 알 수 있다. 두 번째 양심의 소리 역시 소리 없는 소리다. 자신의 내면에서 들려오는 소리다. 세 번째 역사의 소리다. 반드시 당대에 묻힌 진실이 훗날 역사가들에 의해 문서로 평가되는 소리다. 그리고 반드시 들어야 할 소리인데도 다수가 잘 듣지 못하는 소리가 있는데 하나님이 말씀하신 소리다. 이 하나님의 음성은 앞에서 언급한 자연과 양심과 역사를 통해서 들려오기도 하고 기록된 성경의 말씀을 통해 들려오기도 한다.

한편 자식을 둔 부모라면 누구라도 이렇게 한다. 학교 갈 자식이 쿨쿨 자는 모습을 보며 안쓰러워 깨우지 않고 내버려두는 게 자식 사랑이 아니다. 지각이나 결석하지 않도록 다그쳐서 학교를 보내는 게 참된 부모다. 또 자식이 합당치 않은 이유로 철없이 재산을 달라고 떼를 쓰면 우선 편히 지내자고 자식이 두려워 부모의 책임을 저버린 채 내준다면 자식을 자칫 망하게 할 수 있다. 우선은 마음이 아프고 매정한 것 같지만 따끔하게 충고하는 게 훨씬 힘든 일일 수 있다.

이처럼 교회가 세상 사람들의 요구를 다 들어준다고 세상이 교회를 좋아하는 것만은 아니다. 예컨대 제사 때문에 교회 못 다니겠다고 하는 사람에게 죽은 조상에게 제사 지내도 좋다라고 누군들 말하고 싶지 않겠는가? 하지만 그게 아닌 진리를 전해주어야 진정한 그리스도인이다.

천주교처럼 교회 다니면서 신부들도 하는 술과 흡연이니라고 하면서 술자리 같이 가고, 사교상 괜찮다라고 누군들 쉽게 그런 말을 못 하겠는가? 그러나 우리 몸을 해하고 사회적인 문제를 일으키고 죄를 짓도록 하는 기호식품에 대한 분명한 기준이 없이 그렇게 하면서 과연 신앙생활을 제대로 할 수 있겠는지에 대한 성경 지식과 확고한 신앙 양심을 보여주는 게 진정한 그리스도인이다.

또한 예수님만 믿으면 죄에서 용서되고 구원받아 영생을 얻는다고 하면 세상 사람이 기독교가 이처럼 배타적이고, 독선적이기 때문에 싫다, 요즘처럼 다양성이 존중되는 시대에 역행한다고 비난할 때 듣기 좋은 소리 해준다고 "맞다 꼭 예수님만 믿는다고 구원받는 게 아니고 모든 종교에 구원이 있다"라고 말해주면 세상 사람이 얼마나 포용력이 넓다라고 박수 치겠는가? 이걸 모르는 게 아니다. 그렇다고 이렇게 말한다면 어찌 진정한 그리스도인이겠는가? 이 경우 기독교의 진리, 구원의 정체성은 사라지고 다른 종교와 하등 다를 바 없게 된다.

게다가 동성애, 동성혼자들, 남자이지만 여자로, 여자이지만 남자로 느껴 성전환수술까지 하는 등, 이런 자들이 인권과 자유를 보장해달라는 이런 소리는 순리를 거스르는 역리요, 하나님의 진리를 거역하는 세상 풍조이니 안 된다고 외쳐야 한다.

그런데 포스트모던의 현 사회는 그렇지 못하다. 따라서 이런 시대일수록 책임 있는 그리스도인으로서 진리를 외치는 거룩한 싸움이 필요할 때다.

목회자 과세와 교권 실추의 닮은꼴

벌써 여러 해가 흘렀다. 당시 목회자도 대한민국 국민으로서 세금을 내야 하지 않겠느냐? 하는 얘기가 언론을 통해 솔솔 대두되기 시작했다. 그리고 이 문제는 시간이 갈수록 사회 이슈가 되었다. 교회 내에서 처음에는 부정적 반응을 보였다. 그러다가 이곳저곳에서 목회자 과세는 성경적인가에 대한 자체 포럼도 열리기 시작하면서 목회자들 또는 교단의 성격상 이에 대해 서로 찬반이 엇갈렸다.

문제는 일반 시민단체들의 시선이 대체로 당연히 목회자에게도 세금을 징수해야 한다는 여론 쪽에 무게감이 실렸다. 결국은 이 문제를 더 검토하되 국회에서 몇 년의 유예기간을 두고 시행하는 것으로 결론을 내렸다. 그 이후 벌써 시행된 지 여러 해가 흘렀다.

당시 논란이 되었던 가장 첨예하고 핵심적인 대립각은 목회자가 일반 직업처럼 과연 근로자인가 하는 물음 제기였다. 그렇다면 시간외수당, 야간 근무, 철야 근무 등 근로기준법에 따른 보수가 따라야 하고 규정을 적용받아야만 한다. 하지만 목회의 특성상 목회자는 일반 직업처럼 일정 연수가 되고 경력이 쌓이면 승진되어 호봉이 올라가고 그에 따른 급여가 상승하는 직업군이 아니다. 따라서 일률적인 잣대로 댈 수 없는 한계성을 가지고 있음에도 불구하고 이를 간과했다.

성경에서 레위인을 보더라도 똑같이 적용할 수 있는 게 아닌 목회자임에도 동일한 세상 잣대로 결국 재단하고 말았다. 그 당시 이런 법을 강력히 주장하는 자들이 어떤 성향의 카르텔을 형성한 강경파들이 어떤 숨은 의도로 그러했는지 세월이 흐르면서 심히 의심이 든다. 앞으로 그 숨은 의도들이 벗겨지리라 본다.

비슷한 맥락에서 교실 내 교권이 무너진 게 이미 당시 경기도 교육감이 주도한 학생인권조례이다. 이 조례안이 통과되면서 불행이 예고되었다. 예컨대 그 예견된 슬픈 현실이 최근 잇달아 발생하는 교사들의 죽음에서 가시화되었다. 근본적인 원인의 일례로 교사가 수업 중 잠자는 학생을 나무랄 수 없고 도리어 학생피해로 교사를 신고하면 교사를 처벌하는 등 교권 실추의 취약성을 여실히 보여주고 있다.

다시 말해 목회자 과세 문제의 발단도 같은 맥락의 닮은꼴이다. 마치 반대하는 사람을 매국노 내지는 집단이기주의 종교집단으로 내몰아 코로나와 비슷한 양상을 연상케 한다. 즉, 교회를 사회와 격리하려는 의도가 다분히 숨어 있었다는 궤계를 당시 교회는 눈치채지 못한 채 뒷심이 물러 결국 사회 여론에 백기를 들고 말았다. 그로부터 교회는 몇 년이 흘러 코로나 팬데믹 약 3년간 교회는 문재인 정권이 방역법이란 미명으로 교회폐쇄법까지 만들어 그 당시 정권의 각본대로 또다시 교회를 정부가 좌지우지하는 일에 속절없이 당하고 말았다.

교회는 그때 각 교단의 총회장들이 적어도 청와대를 찾아갔을 때 타협하기보다 일치단결하여 한목소리로 이렇게 대정부 선포를 해야 했다. "우리 한국교회는 정부의 방역법을 존중한다. 그러나 예배 금지, 심지어 교회폐쇄 명령의 탈법적 과잉 대처에는 한국교회 명예를 위해 우리 직위를 걸고 불응하겠다."

전국의 초, 중, 고, 대학 미션 스쿨을 보라! 일례로 대학 채플 이야기를 하자면 내가 속한 대학평의원회 의원으로 활동하여 경험한바 매 학기 출신 대학 모교에 가서 듣고 보기에 잘 알고 있다. 그것은 점점 무너져가고 있다는 소식밖에 뾰족한 대안이 없다는 게 캠퍼스에 종사하는 교수들의 호소다.

이 모든 게 소위 평등, 차별, 인권, 자율이라는 그럴싸한 거짓 용어 전략으로 저질러져왔다. 이 배후에는 가정, 교회, 학교를 무너뜨리고 해체하려는 종교해방의 신 마르크스주의자들이 주장하는, 이른바 종교해방의 악영향이 숨어 있음을 결코 무관심하거나 소홀히 해서는 안 된다는 사실이다.

작가 목사

나는 지극히 평범한 가정이요 어느 면에서 유교적인 분위기 속에 3년 전 별세하신 아버지로부터 교육을 받으며 자랐다. 이웃 어르신 만나면 인사 잘해라, 밥먹을 때 밥 한 톨도 남기지 말고 깨끗이 먹으라 등 예의 바르고 착한 아이, 청소년, 청년으로 자라왔다. 부모의 품속에서 자라는 동안 어쩌다 방학을 해서 고향 집에 내려가면 당시 내성적이었던 나로서는 이런 인사가 가히 쉽지 않은 일이었다. 그러나 아버지의 말씀이기에 별 이의 없이 순종했던 오래전의 기억이 있다. 어찌 보면 우리 민족의 얼 속에 흐르는 예의범절을 소중하게 여겨 장려할 전통 중의 하나가 아니었나 싶다.

세월이 흘러 기성세대가 되고 두 아들을 둔 한때는 회사원이 되기도 했고 교사가 되기도 했으나 지금은 그다지 평범한 삶이 아닌 목사가 되었다. 문제는 그 이후 길지 않은 몇십 년 사이에 사회 통념이 너무 격세지감을 크게 느낄 정도로 그 온도 차가 크고 사회적인 정서가 크게 바뀌어버렸다. 그러면서 평소 그때그때마다 포착한 이슈 소재를 보고 느낀 것, 또는 떠오르는 생각을 메모해두는 습관이 글을 쓰게 되는 계기가 되었다. 수년 전부터 글을 쓰는 것을 즐기다 보니 마침 때가 되어 지난 2023년 6월, 첫 번째 신앙 에세이 『도둑맞은 교회』 책을 출간하게 되었다. 그리고 이어서 7월에 제2집 『민들레와 마중물』도 연거푸 출간하게 되었다. 또한 출판에 가속도가 붙어서 '감리회거룩성회복협의회'를 섬기면서 28차 세미나를 진행해 오는 동안 국내 유수한 강사들을 직접 모시면서 정리해 둔 값진 전문가들의 원고를 모아 편찬한 책 『신학자, 법률가, 의학자 16인이 본 동성애 진단과 대응 전략』(북랩, 2023년 7월)을 출판할 수 있는 큰 기쁨을 누릴 수 있었다.

이런 소식을 우리 피붙이 7남매 단톡방에 올렸다. 그랬더니 이미 그 형제들이 너도나도 인터넷으로 구입해주었다. 그러면서 여동생들과 조카들이 평소 오빠 목사님으로 부르던 호칭을 단톡방에서 '작가님'으로 불렀다. 이를 듣고 잠시 작가라는 호칭을 떠올려보니 뒤에 한자어가 약간 다르긴 하지만 대체로 목사, 의사, 간호사, 교사, 변호사, 판사, 검사, 회계사, 세무사, 관세사, 조종사, 기술사, 대사, 영사 등 '사'자로 끝나는 직업이 적지 않았다. 반면에 '가'로 불리는 직업이 뭘까 생각해 보니 바로 '작가(作家)'였다. 이뿐만이 아니다. 예컨대 음악가, 작곡가, 화가, 방송작가, 조각가, 서예가, 만화가, 그 외에도 탐험가, 발명가 등은 하나같이 끝이 집 가(家) 표기다. 이때 '家'는 그 하는 일을 업으로 삼은 전문직업인의 의미이다.

그렇다면 이제 목사에서 작가로 전문 직종을 새로 바꿔야 하는 것 아닌가 하는 혼잣말로 중얼거렸다. 더더구나 이번에 지금의 이 세 번째 신앙 에세이가 출판되었기 때문이다. 책을 출판해 보면서 느낀 점은 처음에 책을 출판하는 건 특별한 사람만이 하는 줄 알았다. 그런데 지난해 제2집을 출판하다 보니 이번에 제3집은 다시 1년 만에 탄력이 붙어 가능했던 것 같다. 무엇보다 평소 글쓰기를 좋아했던 습관의 열매다.

적어도 작가들은 늘 그런 마음을 가지고 살기에 그런 작품들을 세상에 내놓지 않나 싶다.

우리가 사는 세상에 이런 작가들의 작품, 예컨대 시를 쓰는 시인, 소설을 써서 사회에 희망을 주는 소설가, 연극 대본을 써서 세상을 새롭게 하고자 하는 그런 작가, 영화 대본을 써서 한 편의 드라마를 통한 국민 의식 계몽하는 영화작가, 수필이나 에세이를 창작하는 수필가 등 이러한 작가들의 왕성한 활동으로 좋은 작품들이 세상에 선보일 때 이 작품들을 애독하는 고객 또는 관람하는 관객들이 많은 그 사회가 건강한 사회라고 본다.

돌이켜 보건대 내 경우 이렇게 글을 쓸 수 있도록 결정적인 아이디어를 주신 분은 하나님이 나에게 죄로부터 구원해주신 주 예수 그리스도의 은혜를 알고부터이다. 그리고 성경이라는 최고의 보물 창고요 비밀 창고를 주셨기에 가능한 일이다. 여기에서 번뜻한 영감들이 떠올라 글을 쓰게 되었기 때문이다. 나는 내 형제들이 붙여준 미천한 작가이기 이전에 목사였기에 이런 책이 나올 수 있었다.

따라서 평생 목사가 어쩌면 작가보다는 더 어울릴 수밖에 없는 호칭이다. 그러면서도 일반적으로 작가는 세상을 보는 눈만 가졌다고 하면 목사는 세상과 교회 양방향 모두 볼 수 있는 눈을 가지고 있어야 하기에 세 번째 출간한 에세이는 그런 점에서 제1부에서는 한편으로는 세상과 소통하고 싶은 마음으로 노력을 해보았다. 동시에 제2부에서는 풀벌레는 이슬을 먹고 살 듯이 목사는 교회 안팎의 주변을 중심으로 한 애환을 담아 진솔한 내용을 가감 없이 표현하려 했고, 어떤 내용은 이 시대 흐름을 직시하여 선지자적인 외침으로 마음을 쏟아낸 글도 접할 것이다.

목회는 기술이 아닌 예술이라야 한다

몇 년 전에 한 속회 인도자가 그 속에 고령인 분의 가정을 심방하면 좋겠다는 제안을 받고 그 인도자와 함께 저녁 무렵 방문했다. 당시 연세가 94세가 된 분이었다. 잠시 병원에 입원했다가 퇴원하여 집에서 함께 모시고 있는 장남인 권사님(76)과 집사님(72) 부부가 오랫동안 뒷바라지를 하고 있었다. 예배를 마친 후 이야기를 나누는 가운데 쉽지 않은 며느리 되는 집사님이 노모를 봉양하는 모습의 희생적 사연을 듣게 되었다.

거동이 불편하기에 병원에서 사용하는 침상을 렌탈하여 그 위에서 생활해왔다. 그러니 항상 옆에 대기하여 시중을 들어야 하는 상황이다. 마치 병원 침상을 집으로 옮겨놓은 것과 같았다. 하루에 식사를 7번씩이나 하는데 죽을 드신다는 것이다. 왜냐면 그렇게 요구하기 때문이라고 한다. 자녀들이 와서 용돈을 드리고 그 노모가 받으면 며느리에게는 한 푼도 주지 않고 몽땅 아드님에게 준다고 한다. 전통적인 시어머니 입장에서는 며느리가 하는 것이 당연한 것으로 여기는 우리나라에 예부터 남아 있는 정서 중의 하나다. 그러면서도 집사님은 아직은 이렇게 모시고 싶다는 말씀에 무언가 가슴에 그분에 대한 진한 감동이 밀려옴을 느꼈다.

이 집사님은 인상이 참으로 밝은 분이다. 그러나 사실 몸이 그다지 좋은 편이 아니다. 무릎 수술한 후 아직도 완치가 되지 않은 상태에 있음에도 불구하고 모든 시중을 들어야만 했다. 이런 세월을 수십 년간 해온 집사님의 인생 여정 속에는 아마도 아직 들어보지 못한 적잖은 소설 같은 스토리들이 묻혀 있을 것으로 충분히 짐작이 가고도 남는다.

말하자면 전통적으로 옛날 우리 어머니들이 겪어온, 말로 표현되지 않은 숱한 애환과 쌓인 한들의 전형적인 모습을 보는 것 같았다. 그러면서 이런 일을 한두 해, 또는 일이십 년이 아닌 수십 년을 한결같이 받들어 섬겨온 집사님과 같은 인생 여정이 한 편의 드라마처럼 다가왔다. 이것은 사랑의 기술이 아닌 사랑의 예술이라는 고백이 내 마음 구석에서 터져 나왔다. 그 몸으로 직접 부대끼고 희로애락으로 지나온 과정들의 파노라마가 기가 막힌 사연들이 아니었겠나 하는 생각 때문이다.

기술(技術, technology, skill, technique)이란 어떤 원리나 지식을 자연적 대상에 적용하여 인간 생활에 유용하도록 만드는 구체적이고 실제적인 수단이고, 예술(藝術, art)이란 아름다움을 표현하고 창조하는 일에 목적을 두고 작품을 제작하는 모든 인간 활동과 그 산물을 통틀어 이르는 말이다. 따라서 사랑은 고도의 학문을 쌓은 스펙이나 숙련된 기교와 테크닉으로 하는 것이 아니라 사랑은 자신의 몸을 내주고 가장 선한 행위를 구현해 내고 사람들 속에서 살아내는 극치의 표현이라는 점에서 앞에서 예술이라고 표현했다. 지진 현장에 100억을 기부한 어떤 분이 "돈을 버는 것은 기술이나, 그 돈을 잘 쓰는 것은 예술이다"라고 한 말이 마음에 와닿는다.

사진작가는 많아도 예술작품을 만들어내는 사람은 극소수다. 음악가는 많지만, 그 음악을 예술로 승화해내서 극찬받기까지는 쉽지 않은 일이다. 문학이 그렇고 미술이 그렇고 각종 공연 활동이 그러하며 그 외 모든 분야가 다 그렇지 않나 싶다. 어느 크리스천 성구를 만드는 성구사의 경영 철학 역시 마음에 쏙 들어온다.

'가구는 나무로 만들지만 성구는 기도로 만듭니다.'

나는 목회자로서 심방을 다녀오면서 다시 새로운 사실 하나를 깨닫게 된다. 그건 목회를 단지 자본주의 사회의 생존경쟁의 일환으로 여긴 나머지 스킬과 테크닉 일변도의 일방통행을 극복하지 못한다면 결국 한 영혼을 귀중히 여기고 구원의 대상으로 보는 창의적이고 하나님 나라의 예술작품을 이루어내기가 어렵겠구나! 하는 생각이었다. 이는 마치 의사가 환자를 볼 때나 변호사가 소송인이 의뢰해올 때 돈으로 평가하게 되는 순간부터 그동안 쌓아온 지식이 욕망의 도구로 전락할 수밖에 없다는 개념과 같은 동일선상에 머물러 지탄의 대상이 되겠구나! 하는 생각을 하게 되었다.

이런 내면의 소리는 더 이상 설교이든 목양 전반에 있어서든 기교와 테크닉을 발달시켜 내 욕망을 채우려는 목회 기술자로 전락해서는 안 된다는 양심의 고발을 듣는 것만 같았다. 그 대신 목회에 전문적 소양을 갖되 한 영혼을 최고의 걸작품, 즉 영원한 생명을 지닌 천국의 예술작품으로 인도하는 사명에 충실해야겠다고 다짐하게 되었다. 그것을 내 가까운 곳에서 찾았다. 수십 년 묵묵히 노모를 모시며 온갖 아픔과 고통을 억제하느라 다 말하지 못하고 살아온 그 집사님의 인생 여정을 잠시 들여다보면서 진정 내가 무엇을 위해 그들을 찾아가고 만나야 하는지 주님이 찾게 해주시는 가치가 들어 있을 것이라는 생각이었다.

그날 그 병약한 분을 위해 심방을 다녀오면서 도리어 그 집사님이 내게 준 교훈이요 가르침은 다음과 같았다.

사랑은 기술이 아니듯 목회 역시 기술이 아니라 예술이라야 한다.

고양이가 천국 가도록
기도 요청?

평소 잘 아는 충주에서 목회하는 목사님의 페북에 실린 글이 하도 토픽감 수준이기에 이곳에 싣는다.

세상을 보면 이런 현실이 되어가는 것 같아 심상치 않다. 특히 그리스도인이라면 분명한 성경적 답을 가지고 있어야 할 것이다.

아래 내용은 충주에서 목회하시는 목사님이 목회 현장에서 겪은 체험담을 자신의 페이스북에 올린 원문이다.

<u>죽은 고양이 천국 가도록 기도해주세요?</u>

오늘 새벽기도회가 끝날 무렵, 고등학교 1학년 여학생 2명이 눈물을 뚝뚝 흘리면서 헐레벌떡 교회당 안으로 들어왔다.

"목사님! 고양이가 조금 전에 죽었어요. 4개월 동안 품에 안고 정성껏 길렀는데…."

"어린 고양이가 너무 불쌍해요."

"목사님! 고양이가 천국 가게 기도해주세요."

허 참, 진짜 난감하네? 40년 목회하면서 처음 당한 일인데…. 이럴 땐 어떻게 해야 하나?

달포 전, 주일 낮 예배 시간 설교가 시작될 무렵, 초면의 중년 부인이 큰 개와 함께 교회 안으로 들어온다.

40년 목회를 하면서 별꼴 다 보네. 진짜 할 말을 잃었다. 이런 일을 만나면 어떻게 할까?

오늘 새벽에 나온 여학생들은 초면이었다.

시골에서 중학교 졸업 후에 충주 ○○여고에 다니는데… 교회 근처의 원룸에서 자취를 하고 있었다. 그런데 얼마나 다급했던지… 새벽에 죽은 고양이를 안고 길거리를 방황하다가 십자가 불이 밝혀진 문 열린 교회당으로 들어왔다.

나는 이불에 덮인 죽은 고양이를 만져보았다. 아직 따뜻한 체온이 그대로 남아 있었다. 잠시, 침묵이 흘렀다.

나는 짐승과 사람의 차이점을 설명했다. 사람은 육신과 영혼이 있으므로 예수님 믿으면 천국 가지만, 고양이는 죽으면 땅에 묻어주면 된다고 위로해주었다. 그리고 우리를 구원하신 예수님 이야기를 들려주었다.

이야기를 듣더니, 수심이 가득찬 얼굴에 생기가 돈다. 앞으로 교회에 나오고 싶다고 고백한다.

나는 두 여학생의 손을 꼭 잡고 기도해주었다.

"하나님! 오늘 처음 교회에 나온 학생들이 예수님의 큰 사랑을 깨닫고, 구원받은 믿음으로 천국 소망을 간직하고 살도록 인도해주세요."

요즘, 세상이 요지경이다. 그럴수록 중심을 잡아야 할 텐데 교회마저도 덩달아 세상에 장단을 맞추려 부산을 떤다. 개와 고양이도 영혼이 있다고 주장하는 사람도 있다.

개와 고양이 예배 공간을 준비하자는 주장도 한다.

허 참, 아무리 그렇다고 교회가 어찌 이 지경까지 이르렀을까?

그 목사님도 자신을 찾아온 소박한 학생의 요청에 복음을 전해주고 그 학생을 위해 기도해주었다는 얘기다.

고양이는 물론 집에서 사육하는 다른 동물을 위해 기도는 할 수 있다고 본다. 그러나 그 동물이 천국 가게 해달라는 부탁에 그 마음은 이해하지만 아마도 목사님은 그런 어처구니없는 기도를 요청받고 그저 애교로 봐 넘겨주었던 것 같다.

앞으로 애완용 동물을 지나치게 애지중지하는 시대가 되어 우려스러운 것은 신앙생활을 하다 애완견 때문에 시험받는 일이 없었으면 좋겠다. 나아가 천국 가는 길에 장애가 되는 일이 없도록 성경 위에 세워진 올바른 신앙을 견지해야 할 것이다.

모가 나서 정 맞은 돌

조선시대 19세기 말과 20세기 초 당시 우리나라
에는 1894~1895년 조선의 지배를 둘러싸고 중국(청)과 일본 간
에 벌어진 전쟁이 있었다. 이어서 1904~1905년 만주와 한국의
지배권을 두고 러시아와 일본이 벌인 제국주의 전쟁이 한반도가
발판이었다. 결국 1905년 원치 않는 을사늑약이 강제 체결되고
그리고 1910년 일제에 강제 합병되어 나라 잃은 설움을 당해야
만 했다. 해방된 듯했으나 이후 미, 소 강국의 패권 다툼 역시 자
유민주주의냐 공산주의냐를 놓고 역시 한반도를 갈라치기 하다
6·25라는 동족상잔의 비극을 겪어야만 했다.

이토록 한반도를 둘러싼 주변 정세는 서구 열강의 각축장으
로서의 한반도라고 할 만큼, 마치 오늘날 이스라엘 주변국인 중
동의 화약고를 연상케 하는 주변 강국의 패권 다툼의 각축장이
되고 만 우리 역사가 있다. 미, 소 군정이 들어서고 당시 남북의
이념 갈등이 심화되던 때 대한민국은 선교사에 의해 미국에 가

서 고등학문을 공부한 이후 기독교 입국론을 주창한 이승만 박사와 반대파의 대립은 여전했다. 그러나 이런 전쟁의 잿더미 속에서 겨우 기사회생했기에 최빈곤국이었으나 이 민족은 다시 1960~1970년대 희망의 끈을 잃지 않았다.

　가난으로 못 먹어 굶주리며 못 입어 헐벗고 사는 게 예사였다. 집집마다 하루가 멀다고 동냥하러 다니는 사람들이 적지 않았다. 특히 가난 병으로 인해 초등학교 입학식 때 가슴에 옷핀으로 매단 손수건은 영양실조로 코에서 노란 콧물이 주르르 흘러내리기에 달고 다녀야 하는 이 민족의 지난날 역사를 단적으로 증명해준다. 이런 시대를 지금의 50대 이상이라면 누구나 경험한 바다. 그렇지만 그것이 결코 불행이 아니었다는 사실을 지내놓고 보니 알 수 있었다. 잠시 가난으로 인한 눈물이고 불편이고 고통에 지나지 않은 터널의 삶이었다.

　예컨대 초가삼간 방 한두 칸에 부모님과 함께 최소 6남매 7남매 아니 8남매 그 이상이 살아도 투정할 겨를도 없이 서로 지탱하고 격려하고 형제간의 우애가 있었다. 이것이 함께 살아가는 희망의 보금자리였다. 추운 겨울 난로 하나 없고 푹푹 찌는 여름 선풍기 하나조차 없는 열악한 학교 시설을 불평하는 것조차 당시 시대정신에 어긋난 사치성 불평이나 다름없었다. 정말 콩 한 조각도 나눠 먹을 수 있는 한마디로 인간미가 넘치는 사회였다. 그렇다고 통제가 없었던 게 아니다. 그러나 지금 이러한 숨통을 조이는 통제사회와는 거리가 멀었다.

그러면서 매일 자고 일어나면 으레 경쾌하게 울려 퍼지는 노랫소리가 들려왔다. 그것은 '잘살아보세, 잘살아보세! 우리도 한번 잘살아보세!', 그리고 또 귀에 지금도 익은 소리 '새벽종이 울렸네 새 아침이 밝았네!'

그런데 어느 정도 살 만하고 의식이 깨어나면서 새로운 격동기를 맞는다. 바로 1980년대 들어와 대학가에서 일기 시작한 격렬한 이른바 민주화의 열기다. 전국적으로 피 끓는 젊은 대학생들의 투쟁 의지 속에 순수한 학생 운동이 아닌 지난날 이념 갈등의 불씨들이 다시 대학가에 침투해 학생 운동을 주도하는 양상으로 흘렀다. 그러나 그때만 해도 지금의 이런 날이 오리라고는 당시 이미 지하 서클에서 불온서적으로 학습해온 과격한 운동권 학생의 주모자들 외에는 누가 알았으랴? 이들은 정치적 포석을 두고 젊음을 바쳤겠지만 이들의 선동에 속거나 순수한 의분을 가진 절대다수의 선량한 대부분의 학생은 그런 그들의 저의를 알 길이 없었다.

이러한 민주화를 거쳐 밀레니엄 시대를 맞았다. 지난 10여 년 전 20~50클럽(2만 불~5000만 명 인구)에 세계에서 7번째로 가입한 고도성장 국가로 이름을 올렸다. 이처럼 근대화 도시화 산업화 민주화 정보화 그리고 세계화를 거쳐오는 그 근간에 이 나라와 민족의 영혼을 깨우치도록 지대한 영향을 끼친 기독교 사상의 건국 정신을 결코 간과할 수가 없다.

그런데 최근 몇 년간 이러한 정체성과 주체적인 결단을 국가 권력이 통제하는 무소불위의 망령이 되살아나는 듯하다. 지난

3년여 우한 폐렴을 코로나로 위장한 팬데믹을 이유로 도덕과 윤리의 기준이 모호해지고 원칙과 기준도 무너짐으로써 사회 전반에 걸친 총체적인 개편 양상을 보이면서 삶의 리듬이 깨진 상태다. 그중에 교회도 예외가 아니다. 코로나가 해제된 이후에도 한때 십만 명이 오르내리는 확진자 발병을 보면서 반드시 밝혀야할 두 가지를 생각하게 된다. 이는 원칙과 기준이 무너졌음을 여실히 증명해주는 두 가지다.

첫째, 발병 확진자 관리의 일관성 상실이다. 지난 2020년 중반 십 단위에서 백 단위로 확진자가 늘기 시작하자 정부는 질병관리본부를 신설하고 유관부서들이 이른바 '사회적 거리두기'라고 하는 생소한 용어를 가져와 2m 거리 띄우기, 실내외 마스크 착용 의무화, 모든 관공서 지하철 등에 의자마다 한 사람 건너 띄우는 표지들을 일제히 부착하기 시작했다. 사람과 사람 사이가 차단되기 시작했다. 단 백화점이나 지하철 등은 예외였다. 그뿐 아니다. 확진자로 판명된 자의 지역과 신원을 매일 공개하거나 그와 접촉한 자의 동선을 추적하여 2주일 이상을 격리했다. 심지어 교회에서 한 명만 확진자가 발생되어도 유별나게 범죄집단 취급하여 세간에 '교회발' 하면서 교회를 마녀사냥식으로 연일 성토하다시피 했다. 이런 일에 메이저 언론 등이 저격수 노릇하기를 주저하지 않았다. 게다가 관공서 직원, 경찰이 동원되어 교회에 들이닥쳐 실랑이를 벌이는가 하면 때로는 교회폐쇄 명령까지 내리는 등 초강수를 두었다. 반면 어떤 교회는 미리 정부의 조치가 있기 전에 스스로 굽혀 예배를 자진해서 중단하는 일들이 곳곳에서 일상화되듯이 줄을 이었다.

그로부터 시간이 지나도 그때 상황보다도 훨씬 악화하여 5만에서 10만 명의 확진자가 연일 발생했다. 이쯤 되면 나라 기능을 거의 마비시켜야 할 것 같은데 놀랍게도 동선 추적은커녕 해당 기관이나 소속 단체에 금지 및 폐쇄 명령도 없었다. 확진자는 집에서 5일 내지는 1주일 스스로 알아서 쉬면 되도록 바뀌었다. 즉 지나친 방역 제재가 얼마나 불공정 잣대였고 국가권력 남용이었는지를 여실히 드러낸바, 이는 앞으로 언젠가는 누군가에 의해 은폐하지 말고 그 당시 주도했던 자들의 역사적 진실 여부가 반드시 밝혀져야 할 과제라고 본다.

둘째, 국가권력 앞에 교회의 무능력과 초동 저자세 역시 자유롭지 못하다. 반드시 회개와 함께 공개적인 사과가 뒤따라야 한다. 국가권력이 초기에 교회를 압박하여 하나님께 드리는 예배 금지 내지나 폐쇄를 명할 때 거룩한 저항으로 대처했어야만 했다. 그러나 그렇지를 못했다. 소위 모가 나서 정 맞는 게 두려웠던 거다. 도리어 초라하고 궁색한 변명으로 방어하기에 급급했다. 그때 교회가 할 일은 이미 지금처럼 그 해당 당사자만 스스로 격리하고 절대다수의 성도들은 예배를 드리도록 하는 입장에서 물러서지 말았어야 했다.

문제는 분명한 교회론과 예배론이 희박했기 때문이고 더욱이 하나님의 말씀보다 정부 권력의 힘 앞에 책임을 진 각 교단장, 대형교회가 속절없이 무너져버렸다. 이 수치스러움은 한국교회 역사에 역시 길이 남을 것이다.

강화군의 경우 코로나가 시작된 초기에 인근 2020년 2월 김포에서 확진자가 처음으로 발생했다는 공문(사진, 2020년 2월 21일)이 배포되었다. 그러자 당시 감리회 4개 지방 감리사들이 서둘러서 2020년 2월 28일 예배 금지를 결정했다(사진)는 내용을 전달함으로써 강화군이 이 내용을 홍보물 맨 서두에 인쇄하여 배포하는 수치스러운 역사를 남기고 말았다. 그래도 감사한 것은 꿋꿋하게 예배를 지킨 소수의 깨어 있는 교회들이 있었던 것은 한국교회의 남아 있는 희망이다.

어느덧 정부가 제시한 '비대면 예배 대면 예배'라는 용어가 친근할 정도가 되고 이를 좀 고상하게 영어로 바꾸어 '언택트(untact)'라는 말을 상용화하여 교회 프리미엄을 높이려 하거나 '온라인 예배'라는 용어들을 특성화하여 예사롭지 않게 사용하는 풍조가 생겨났다. 있다가 사라지는 것들은 본질이 아니다. 따라서 좀 더 두고 볼 일이다. 혹여라도 이것이 인본주의와 세속주의의 변형이라고 한다면 반드시 경계해야 한다. 유행 신학은 교회와 목회 현장을 섬기지 못한다.

한편 2022년 1월부터 승용차로 3시간이나 걸려 이곳에 주일 예배하러 왔던 권사님 부부를 보면서 감회가 교차했다. 이 부부는 다름 아닌 예배를 정부가 하라는 대로 저항 없이 수용하는 교회를 더 이상 견딜 수 없기에 결단을 했다. 주님 사랑하기에 많은 시간과 수고를 들여 거리에 상관없이 진정한 예배자로서의 절정 경험을 위해 그들 자신을 드리기를 원하는 분들이었다. 권사님의 딸도 다니던 교회에서 하나님의 터치가 있고 성도 간의 교제가 있어야 할 예배를 중단하고 집에서 이른바 온라인으로 예배를 드리라고 한 것 때문에 먼 교회로 옮기고 말았다. 나는 이분들을 보면서 영적 지도자의 책임이 얼마나 막중한지를 깨닫게 해주는 동역자들이라고 생각한다.

결국 세계적인 팬데믹은 국가권력이 어떠한가를 속속히 드러내게 해주었다. 동시에 그런 시대에 처한 교회가 그 권력이나 세상 앞에 어떤 신앙적인 결단을 하고 예배해야 할 것인가를 불로 연단한 금을 선별해내게 하는 중대한 계기가 되었다. 즉 그 사람이 믿음의 정품인지, 아니면 모조품인지를 식별해내기 위해 '확증(고후13:5, 헬라어: 도키마조)' 하는 과정이라고 본다. 따라서 진정한 신앙인이라면 작금의 이 시대를 피하거나 세속에 물들어버리거나 혹은 두렵게 하는 힘 앞에 타협할 게 아니라 반드시 믿음으로 책임 있는 응답을 해야만 할 것이다.

강화군 집회금지 공문
(2020.2.21.)

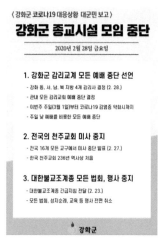

강화 지역 감리사 예배 중단 선언
(2020.2.28.)

애물단지가 된 코로나 예방 부스

2020년부터 약 3년여 이상 지속되었던 지구촌 곳곳의 팬데믹(pandemic)으로 인한 불안과 고통과 죽음, 대한민국에 사는 국민 역시 예외 없이 최초로 미증유(未曾有)의 코로나 상황에 두려워 떨었다. 지난 2023년 초 엔데믹(endemic)이 발표되면서 그동안의 의무조항들이 해제됐다.

하지만 지난 악몽과 같은 잊을 수 없는 그때의 기억을 더듬어 보자. 만나서 말도 제대로 하지 못하고 심지어 교회에서 기도도 못 하게 하고 찬송도 부르지 못하고 악수도 금지하며 성경책도 비치하지 못하도록 했다. 전 국민 마스크 착용을 의무화했고 미착용자는 주위 사람에게도 따가운 눈총을 받게 되고 심지어 신고 대상까지 되어 범법자 취급받고 감시받는 조지 오웰(George Orwell, 1903~1950)의『1984』소설에 등장하는 빅 브라더 사회가 되었다.

그런가 하면 백신 접종을 하지 않은 자는 식당 출입도 할 수 없고 외국 여행도 할 수 없으며 수업도 받을 수 없고 가르칠 수도 없는 등 모든 영역에 사생활 자유와 종교의 자유 및 사회 활동이 철저히 봉쇄당하게 되었다. 어찌 보면 전염병의 두려움보다는 국민을 공포의 도가니로 몰아넣는 제2차 정신적인 고통과 두려움으로 시달리게 했다.

이에 대해 국민에게는 일명 날아서 떨어지는 비말(飛沫)감염 내지는 접촉으로 인한 발병을 예방하기 위해서라는 게 그 이유였다. 나아가 그런 비말을 또다시 예방한다고 대단한 아이디어 상품이나 된 것처럼 관공서를 비롯하여 곳곳마다 온통 아크릴판 부스가 유행처럼 일제히 설치되기 시작했다.

예컨대 수천 수억 들여 설치해놓은 전국에 있는 초, 중, 고, 대학교 급식실 및 식당, 회사 식당, 심지어 교회 강대상 앞에 버젓이 설치한 대형 칸막이 부스가 등장했다.

그러다 엔데믹(endemic)으로 전환되거나 해제되자 이번에는 설치한 부스 폐기 처분이 골칫거리라고 한다. 많은 곳은 적지 않은 철거 비용이 추가로 발생했다. 더 골칫거리인 것은 소각, 매립하려니 환경 오염에 악영향이고, 보관하자니 그럴 만한 가치도 없어 애물단지가 되고 말았기 때문이다. 그렇다고 재활용에 대한 방안도 마련하지 못하는 것 같다. 당시 임시방편으로 그 방법이 최선이라고 여겨 이런 처분에 대한 신중한 고려도 없이 적지 않은 예산을 들여 설치해놓고 이제 와서 그다지 유용한 가치도 없기에 만시지탄이다.

마치 수십 년 전 인구 폭발한다고 산아제한하더니 급기야 현재 인구절벽 시대가 되고 만 정책을 세운 것과 유사하다. 그때 당시 탁상공론 행정에 직접 참여한 공무원 가운데 세상 떠난 자도 많겠지만 살아 있다면 그 책임을 묻는 질문에 과연 뭐라고 답할 것이며, 그런 그들은 어디서 무슨 생각을 하고 살까?

더욱이 이에 못지않은 심각한 일이 금세기에 경험한 코로나 발병이다. 이에 따라 집계할 수 없는 정신적 손실을 비롯해 국론 분열과 마음이 사나워지고 민심을 혼란케 한 그 당시 지시한 정부 관료 당사자들은 퇴각했고, 있다 한들 아무도 책임지지 않고 잠잠할 뿐이다. 특히 일부 양심적인 의사 가운데는 어린이나 20대 이하에게 백신주사 강요하는 것은 살인 행위나 다름없기에 중지할 것을 외쳤음에도 불구하고 백신 접종 후 20대 이하 멀쩡했던 우리 자녀 중 비공식 집계이긴 하지만 10여 명이 코로나가 창궐할 때 목숨을 잃게 된 원인조차 밝혀지고 있지 않다.

따라서 인간에게 예고 없이 찾아오는 인재이든 천재이든 이런 재앙 앞에 가장 먼저 물어야 할 질문이 있다.

그것은 하나님의 창조질서, 즉 절대 진리를 거역하고 하나님을 경외함이 없는 삶을 사는 대신 사람을 두려워하고 하나님 없는 과학 만능주의, 극단적인 음란 문화 엔터테인먼트 등에 빠져 세상 재물과 자기 영광과 성적 문란에 길들여져가고 있지 않은지 진심으로 물어야 할 때다. 동시에 하나님께 전심으로 돌아가야 할 때다. 그것이 십자가와 부활 신앙이다. 그래야 산다. 여기에 희망이 있다.

사랑할 때와 사랑이 식을 때

사랑이 무어냐고 묻는다면 오래전 유행가의 가사처럼 '눈물의 씨앗이라고 말하겠어요…'라고 하기에는 한계가 있다. 그러니 한마디로 표현하기가 그리 쉽지 않다. 왜냐면 대답한다고 해도 이 물음에 대해 각각 자신이 살아온 삶의 배경과 처지가 다양하여 다르게 정의할 수 있을 것이기 때문이다. 그런데도 다음과 같이 사랑에 접근해 보면 그 사랑이란 개념을 정리해 봄 직하다. 즉 '사랑하면', 그리고 '사랑이 식으면' 반드시 이에 따른 어떤 결과(마음, 행동)가 나타나는데 이 결과들로써 사랑을 진단할 수 있다. 우리 일상생활 속에서 일어날 수 있는 그 결과들을 생각나는 대로 열거해보면 대충 이런 것들이 아닐까 싶다.

예컨대 무엇보다 사랑하면 할 수 있는 모든 방법을 찾는다. 반대로 사랑이 식으면 피해 나갈 핑계를 찾는다.

사랑하면 거리가 멀어도 시간 가는 줄 모르지만 식으면 지근거리도 지루하게만 느껴진다.

사랑하면 천년도 하루 같지만 식으면 하루가 천년 같다.

사랑하면 힘든데도 힘든 것을 모르지만 식으면 만사가 힘들어진다.

사랑하면 무거워도 무거움을 모르지만 사랑이 식으면 가벼워도 무겁기만 하다.

사랑하면 관심하고 사랑이 식으면 무관심하게 된다.

사랑하면 어떤 명령도 감사와 축복으로 들려지지만, 사랑하지 않으면 명령이 강압과 갑질이라고 여긴다.

사랑하면 가진 것 다 줘도 아깝지 않지만, 사랑이 식으면 받아도 기쁘지 않고, 주는 것 없이 밉다.

사랑하면 사랑하는 사람의 유익을 생각하지만 식으면 내 유익을 먼저 챙긴다.

사랑하는 사람이 생기면 옷도, 취미도, 음식도 사랑하는 사람에게 맞추지만 식으면 내 뜻대로 한다.

사랑하면 항상 장점을 찾아 칭찬하고 자랑까지 하지만 식으면 단점만 보이고 밤낮 흉을 보게 된다.

사람을 사랑하면 창의성과 자기 계발이 따르고 일을 사랑하면 일의 능률이 향상된다.

이렇듯 교회를 사랑하면 봉사하는 일이 행복하지만, 교회 사랑이 식으면 봉사가 지겹고 짜증 난다. 주를 사랑하면 예배 오는 시간이 빨라지게 되고 사랑이 식으면 예배 시간이 점점 늦어진다. 주를 사랑하면 할 일을 찾지만 식으면 하던 일도 손을 놓는다. 주를 사랑하면 기도가 힘 있고 기도 시간이 늘지만 식으면 기도의 맥이 풀리고 기도 시간도 소멸하여 기도가 안 된다고 투정한다.

주를 사랑하면 환한 얼굴로 살아가고 식으면 화난 얼굴로 바뀐다. 주를 사랑하면 헌금하는 것이 즐겁지만 식으면 헌금 시간이 무겁고 고통스럽다. 흥미로운 사실은 돈이 아무리 많아도 무겁다고 하는 사람은 없다. 돈이 좋기 때문이다. 돈이 좋아도 이 정도인데 하나님을 전심으로 사랑하면 좋은 돈을 기쁨으로 드릴 수 있다. 하지만 돈을 사랑하면 하나님 사랑이 식고 심지어 하나님을 이용하는 자기 덫에 걸릴 수 있다.

목사님을 사랑하면 설교 시간이 즐겁지만 미워하면 고역이다. 목사님을 사랑하면 설교 시간이 짧게만 느껴지나 사이가 멀어지면 짧아도 지루하게 여긴다. 목사님을 사랑하면 설교를 듣는 내내 눈이 깨어 있으나 사이가 멀어지면 설교 시간마다 졸고 있다. 목사님과 관계가 좋으면 예배 후 악수하는 것도 영광으로 생각하나 관계가 틀어지면 인사마저 부담스러워 축도 전에 미리 퇴장한다. 목사님과 관계가 좋으면 주위에 전도하느라 말이 많으나 관계가 뒤틀리면 주위에 험담하여 이간질하는 말쟁이가 되고 만다.

그렇다면 언제부터인가 이런 증상이 없지는 않은지 검진을 해 볼 필요가 있다.

이전과 달리 교회 가는 길이 멀게만 느껴지고 예배 시간이 지루하고 예배 시간 지키기가 힘들어지며, 드리는 일이 무겁고, 내가 맡고 있는 교회 찬양대, 교사 봉사, 주방 봉사, 청소 봉사가 힘들고 짜증이 나는가? 그건 멀고, 무겁고, 힘든 게 아니고 현재 주님 사랑이 식었든지 식고 있다는 징조이다. 그러므로 어디서 떨어졌는지 생각해보고 다시 그 '은혜가 아니면 살 수가 없네'라는 고백으로 첫사랑을 찾아야 한다. 또한 주님 사랑하면 계명을 지킨다고 했고 그것은 무거운 것이 아니다(요일5:3)'라고 약속하고 있다는 사실을 새길 필요가 있다.

성경에 사랑이란 단어는 평화, 기쁨, 은혜, 소망 등의 단어보다 훨씬 더 많이 나타나고 있다.

사랑은 자발성이지만 충성을 뛰어넘는 최고 상관의 절대명령에 해당하는 용어이다. 따라서 사랑은 좋은 것을 포함하지만 그것을 뛰어넘는 엄숙한 주님의 명령으로 여겨 마음을 다하고(All my heart) 뜻을 다하고(All my mind) 목숨을 다하여(All my soul)와 같이 전부(All)를 내주는 크고 첫째 되는 계명임을 밝히고 있다. (마 22:38) 그때 사랑은 성품의 온전한 열매를 맺게 된다. 즉 성령의 열매는 사랑하면 맺게 되는 열매이다(성령의 열매는 9가지이나 복수가 아니라 단수이다). 즉 사랑하면 희락이 있고 평화로우며, 사랑하면 오래 참고 친절하고 선을 행하며, 사랑하면 충성하고 젠틀하게 되고 자신을 제어할 줄 안다. 이처럼 사랑은 내적 성품과 외적 행동에 성숙한 변화를 가져오게 하는 놀라운 능력이다.

목회했던 어느 교회 성도 중에 몸이 불편한 부인을 섬기려다 보니 부인을 사랑하는 마음에 80세 가까이 되셨을 때 요양사 자격증까지 따서 손수 수발을 들고 있는 분이 있었다. 이처럼 사랑은 능력이다.

바로 이 하나님의 사랑이 주 예수를 믿음으로 하나님과 화평을 누리게 되고 성령을 통하여 그 사랑이 우리에게 부은 바 되었다.(롬5:5)

이 사랑의 위력과 엄청난 생명의 에너지, 나아가 가장 크고 첫째 되는 명령이 하나님 사랑이라고 성경은 너무 분명하게 기록하고 있다. 요리연구가 심영순 원장(80)은 요리 대가이다. 그렇게 될 수 있었던 것은 "…식품을 사랑하고 그 음식을 먹게 될 사람을 사랑해야 한다. 나는 음식으로 작품을 만들고 있다"라고 말한다. 요리대가의 음식 철학이 다름 아닌 사랑에서 비롯되었음을 알 수 있다.

그렇다. 에리히 프롬의 '사랑의 예술(기술)'을 그런 점에서 이렇게 다시 해석해보고 싶다. 사랑은 예술이다. 이에 사랑하면 모든 분야에 작품을 만들어낸다. 음식 작품, 가정 작품, 환경 작품, 문예 작품, 전도 작품, 봉사 작품….

그 무엇보다도 하나님의 작품인 걸작품의 인생이니만큼 이 고귀한 사랑으로 누구나 자기만의 인생 작품을 만들어야 할 사명이 있다.

가정의 기본은
아버지와 어머니를 전제한다

최근 번역서인 『아이들은 정말 괜찮을까』(케이티 파우스트&스테이스 매닝, 하선희 역, 2021년 12월)라는 책에서 가정의 신성함을 지키는 것이 우리 사회 안정과 질서에 얼마나 큰 영향을 미치는지를 잘 설명해주고 있다. 즉 오늘날 아버지와 어머니의 상실, 성 정체성의 혼돈 등 성 혁명의 위험성이 가정의 훼손에서 더 나아가 가정해체 재앙의 우려를 지적하고 있다.

이는 미국의 경우 통계상으로도 명백한 증거를 보여준다.
＃ 노숙자나 가출 청소년들의 90%는 아버지가 없다. 더욱이 이들 청소년의 삶은 흔히 성매매의 관문이 된다.
＃ 교도소 수감자의 70~85%는 아버지가 없이 자랐다.
＃ 자살하는 10대들의 63%는 아버지가 없다.
＃ 임신한 10대들의 71%는 아버지가 없는 집에서 나온다.
＃ 고등학교 중퇴자의 71%는 아버지가 없는 집에서 나온다.

데이비드 블랭컨혼은 그의 책『아버지 없는 미국』에서 '아버지의 부재가 이 세대의 가장 해로운 인구 통계학적 경향이다. 이는 아동의 건강과 행복을 위축시키고 있으며 또한 범죄, 청소년 임신, 가정 폭력 등 사회문제를 유발하는 주원인이기도 하다…'라고 말했다. 이 배후에는 오늘날 2000년대 전후 서구에서 이미 실패한 동성애, 동성혼의 무서운 죄악과 절대 무관하지 않다고 본다. 국가가 한 아이에게 두 어머니만 있고 아버지가 없다고 하거나, 두 아버지만 있고 어머니는 없다는 식의 법으로 규정해버린 것이다. 이런 법을 우리나라마저 겉으로는 평등법, 차별금지법이란 이름으로 가정을 파괴하는 법을 통과시키려 하고 있다. 이에 그리스도인들이 깨어 막아내지 못하면 더 이상 정상적인 가정은 유지하기 힘들다.

이혼도 마찬가지이다. 흔히들 '불행한 결혼을 유지하는 것보다 이혼하고 자신이 행복하게 지내는 것이 낫지 않는가?'라는 질문을 종종 듣는다. 이에 대해 '아니요, 당신은 그래도 결혼생활을 유지해야 해요. 책임감을 가지고 지켜내세요'라고 했을 때 이 말을 듣고 양심에 찔리고 수용한다면 이 책에서 '당신은 아이들을 성인보다 먼저 생각하는 사람이다'라고 말한다.

실제로 미국의 가치연구소에서 2002년 발간한 보고서에 의하면 불행한 결혼생활이지만 유지하기로 결정한 부부 중 2/3는 5년 후 더 행복하다고 느끼는 것으로 보고했다. 그러나 이혼을 선택했던, 불행하게 느꼈던 부부는 평균적으로 결혼을 유지한 부부와 대비할 때 더 행복하지 않았다고 이 책의 저자는 쓰고 있다.

즉, 결혼은 두 사람 당사자만이 누리는 행복이나 자기발전을 위한 몫이 아니다. 아이를 위한 책임이 따라야만 한다는 사실이다. 결혼하고도 자기발전이나 자신들의 삶에 제약을 받기에 자녀를 갖지 않는다는 것은 대를 끊는 것이요, 생육하고 번성해야 하는 가정의 창조원리에 위배되는 인본주의의 영향이다.

그러면서 이 책의 저자 케이티 파우스트는 '한국은 미국의 사례에서 배워 현대적 가정이라는 모래 위가 아닌 아동의 권리라는 반석 위에 이 나라의 집이 세워지기를 간절히 바란다'라고 미국의 잘못된 흐름을 한국은 밟지 말 것을 경고하고 있다.

임산부가 애국자다?

서울에 볼일이 있어 김포골드라인 지하철을 이용하던 지난해 어느 날 좌석 맞은편에 이전에 없던 최근 추가된 문구 스티커가 문득 내 시선을 사로잡았다.

출산율 절벽 시대
임산부는
애국자입니다.

그 외에도 몇 가지 다른 문구가 좌석 주변 바닥에 2개, 실내 벽에 4개, 모두 6개나 부착된 것을 보면서 참으로 여러 생각이 교차했다.

우선 이 구호가 얼마나 효과가 있었는지? 몇 개 정도는 수년째 볼 수 있는 문구다. 그런데도 효과 없는 구호뿐이다. 그렇다면 근본 대책이 시급하다.

'임산부가 애국자다'라는 구호 이전에 지하철이 아닌 대통령령이든 시도 자치 시행령이든 **결혼이 애국이다**라는 캠페인을 수정하여 대대적으로 전개할 의향은 없는지 제안하고 싶다. 더욱이 비혼의 멘탈리티를 바꿀 수 있는 삶의 의미 재정립과 의식 전환, 동시에 사회 분위기 쇄신이 급선무다.

아울러 이에 대한 대책으로 동성애, 동성혼을 근절하는 입법화를 반드시 실시해야 한다. '성 소수자'라는 용어 프레임에 정부가 끌려다니거나 이용당하지 말고 말이다.

남, 여 결혼 없이 임산부 없고 임산부 없이 출산 없다. 출산 없이 국가의 미래를 기대할 수 없다.

기독교가 전래하였던 대한민국 건국 초기 물산장려 운동, 금주 금연 운동을 전개하여 공헌했다. 따라서 이제는 전국 교회가 결혼 장려 운동, 출산 장려 운동을 대대적으로 전개하기를 제안한다.

보편적 가치와 충돌하는 목회 현장

목회 현장에서 일어나는 고민 중의 하나는 어느 두 가지 상반된 가치가 충돌하여 겪는 갈등이 있을 때 신앙적 가이드라인을 제시해주어야 할 경우이다. 즉, 신앙적 기준과 보편적 가치가 충돌하여 그 자리에서 미룰 수 없는 결단을 내 안에 있는 양심이 요구할 때이다. 최근 우리 사회에서 그런 단적인 예를 보게 되었다. 모 당 대표가 어느 종교 행사에 참여하여 그곳 예법에 따르지 않았다고 국민들의 감정을 자극하고 조장하는 영상과 글들을 보면서 언론, 방송이 형평성을 잃어가고 있다는 느낌을 지울 수가 없다. 특히 그 당 대표의 기독교인 부정적 이미지를 크게 부각해 이 땅에 기독교인들을 싸잡아 비난하는 반기독교적인 정서로 몰아가는 편파 보도를 노골적으로 드러내고 있기 때문에도 더욱 그러하다.

그 내용의 골자를 살펴보면 너무 황당하기까지 하다. 그의 행위가 그가 참여한 사찰 예식에 위해요소가 있었던 것도 아니다. 단지 그 대표를 비난한 주된 이유는 합장하지 않고 서 있었다는 것이 전부이다. 그리고 그는 독실한 기독교인이라고 덧붙였다. 바로 그 점이다. 행사에 참여한 것만으로도 예의를 갖추었다고 왜 고운 시선을 보내주지 못할까? 독실한 기독교인이기에 그의 개인적 소신과 정체성을 인정해주는 사회가 품격과 건강한 정신이 깃든 사회이다. 그런데 그의 종교적 양심을 인정해주기는커녕 도리어 함께 참석한 인사들과의 일률적인 행동을 하지 않았다는 트집을 잡아 반기독교적인 정서를 조장하는 것은 그를 겨냥한 정치적인 속셈이 훤히 들여다보인다.

절대 어느 정치인을 옹호하고 싶은 마음에 하는 이야기가 아니다. 최소한 목회자로서 일말의 양심을 가진 눈으로 볼 때 갈수록 이런 비난성 보도를 일삼는 행위는 종교 간의 불신과 반목을 부추기는 선동 보도라고 여기기 때문이다.

지금 이 시대가 이런 뉴스에 길들이고 국민 간의 정서가 사나워지고 대결 구조로 만들어 싸움닭 구경하면서 한편에서는 즐기고 있는 듯한 비정한 사회로 내몰아간다는 위험성을 잊고 있는 것 같아 묵과하기가 어렵다. 목회자는 우리 사회에서 일어나는 이런 목회 현실을 외면하지 않도록 외치라고 부름을 받은 자들이기 때문이다.

아무리 정치인일지라도 동시에 자신이 가지고 있는 종교적 신념과 양심에 따라 행동할 수 있는 정체성을 인정해주기보다는 방송과 언론이 일방적으로 흠집을 낸 나머지 들쑤시고 있다.

나아가 인권침해라는, 마치 만능의 잣대와 같은 미명으로 기독학원의 건학 이념까지 송두리째 지우려는 어처구니없는 일들이 속속들이 연출되고 있다. 예컨대 지난해 숭실대와 한동대를 비롯한 대다수 미션 스쿨을 겨누어 옥죄는 일들이 그 방증이다.

그렇다면 이 질문에 답해 보라. 최근 들어 정통성에서 벗어난 여호와의 증인 신도들의 병역의무를 위반한 일명 양심적 병역거부는 왜 법으로서 보호할 만큼 너그러워 무죄 판결을 내리면서 국가 행사도 아니고 의무조항도 아닌 예법에 따르지 않았다는 이유만으로 사찰의 입장을 대변하듯 비난하는 그 저의가 무언지 되묻고 싶다.

또 기독교인이 제사상 차려놓은 초상집이나 제삿집에 가서 마음에 거리끼는 절을 하지 않았다고 비난받아야 하는가? 그렇게도 소수자 인권 노래 부르는 자들이 왜 기독교인 인사들만 나오면 그들에게는 가차 없이 엄한 잣대를 들이대고 국민을 선동하려 하는지 의문이 증폭되어갈 뿐이다. 이 밖에 이슬람교도들이 다른 종교 행사에 참석하여 그들이 지키는 할랄 음식 기준에 맞지 않은 것을 먹지 않는다고 비난할 수 있겠는가?

다시 역으로 생각해보자!

타 종교 정치인이 기독교 주요 절기 행사나 예배에 참석하여 '다 같이 사도신경 합시다' 했는데 친절하게 자막에 띄운 그 내용을 같이 따라 하지 않고 혼자 입 다물고 있다고 해서 그를 비난할 수 있겠는가? 예배 의식에 따르려면 찬송도 같이해야 할 것이고, 신앙고백도 해야 하지 않겠는가? 그래야 기독교 예법에 어긋 난 행위가 아니지 않겠는가? 그러나 기독교 주요 예배가 드려지 는 그런 행사 때 이것 때문에 문제 삼는 걸 목격하지 못했다. 더 욱이 앞서 언급한 그런 장면을 포착하여 언론 방송에서 공공연 히 퍼트려 비난하는 일은 지금까지 어느 역사에도 없었다는 사 실을 주목해야만 한다.

나는 개인적으로 '임을 위한 행진곡'이란 민중가요를 한때 나 라를 위해 싸운답시고 많이 부른 적이 있다. 그런데 어느 행사에 역시 언론사들이 특정인에게 카메라를 들이대고 부르지 않은 장 면을 의도적으로 포착하여 비난하는 모습을 보아왔다. 정치적인 견해가 다를 수 있음을 수없이 주장하면서 어느 특정인에게는 개인적인 소신과 철학을 인정하지 않는 것은 합리적 근거를 잃 은 억지 주장이다.

그러기 전에 공공장소에서 음란 문화를 공식 행사로 즐기면서 다수의 시민은 물론 감수성이 예민한 우리 청소년들과 어린이들 에게 시선 강요하는 행위에 대해서는 아무런 법적 제지를 받지 않는 사회가 선진국이고 인권이 보장하는 사회라고 정부가 권장 하는 것부터 형평에 맞는 설득력 있는 논리인지 이것부터 진정 성 있게 다루어보라.

적어도 이쯤 이르렀다면 이제는 교계 지도자들과 기독 지성인 들의 합일된 반론과 책임적 대안을 제시해야 하지 않겠는가.
그런 기대를 하고 일부 몇몇 지도자들을 중심으로 한 노력을 하지 않은 것은 아니나 그들 역시 공신력을 얻지 못하고 있는 것이 아이러니한 딜레마이고 사실 큰 문제의 함정이기도 하다. 세간에 그리스도인들이라고 내놓은 통계는 적지 않은데 힘입어 심지어 지난 몇 해 전 막상 신중하지 못한 처사로 기독당을 창당해 목소리를 내려 했지만, 여전히 한 의석도 얻지 못할 만큼 그마저도 둘로 나뉘어 표가 사분오열된 창피한 모습으로 도리어 역효과만 낳았다. 그 결과 이런 부정적 사회 현상을 풀기 어려운 것보다 더 우리 마음을 무겁게 만든 셈이다.

따라서 진정으로 이 땅의 그리스도인들이 확실한 복음의 능력과 깨어 있는 그리스도인의 의식을 가지고 해체되고 이합집산의 마음들을 다시 결집할 수 있는 새로운 지도력을 지닌 구조적 변화에 주력할 때다. 그리하여 영적으로 소돔과 애굽화되어 가는 세상이 아닌 영광스러운 몸과 하나님의 통치가 이뤄지게 하는 이 일에 있어서만큼은 한목소리를 낼 수 있도록 책임 있는 영적 지도자들이 몸 사리지 않고 누구보다 앞서서 풀어야 할 과제라고 본다.

근면 하면 떠오르는 생각

지금도 더러 남아 있는 대부분의 농촌 마을 입구에서 흔히 볼 수 있는 문구가 있다. 근면(勤勉), 자조(自助), 협동(協同)이 그것이다. 이 중에서도 당시 교실 앞의 흰 액자 속에 담긴 중 고등학교의 교훈이나 급훈의 대부분이 '근면'이었다. 지금 생각해보면 무척 소중한 정신적 가치였다고 여겨진다. 1950년대 전쟁 폐허 이후 가난과 굶주림, 질병으로 고통당하던 우리 민족은 게다가 다 출산으로 인한 대가족 사회였던지라 농업 이외는 그다지 보장된 경제활동이 없어 생존의 위협을 받던 시대였다. 따라서 그나마 근면하지 않으면 당장 생계유지가 곤란할 수밖에 없었다.

이에 우리 옛 선조들은 자급자족할 거리로 집에서 가마니도 만들고 베틀도 짜고 소나 가축을 길러 5일 장날 이것들을 가지고 물물교환을 하여 한 푼의 돈을 마련하고 아끼는 방식으로 그렇게 근근이 살아갔다. 따라서 근검절약이 몸에 밸 수밖에 없었던 것이 우리 선조들의 익숙한 삶의 방식이었다.

어쩌면 오늘을 살아가는 나에게 있어서도 최근 신세대와는 달리 알게 모르게 이런 근검절약 정신이 생활 속에서 자연스러우리만치 배어 있음을 인식하게 된다.

얼마 전 페이스북에 평소 알고 있는 목사님이 시중 마트에서 필요한 물품을 구매했는데 이분의 부인이 그 영수증을 훑어보더니 자신이 그것을 구매했더라면 더 저렴하게 살 수 있었을 거라는 내용의 글을 올려놓은 것을 읽은 적이 있다.

교회를 담임하고 있는 목사로서 교회 안에서도 이런 비슷한 일을 얼마든지 접하게 된다. 교회에서 수시로 발생하는 다양한 지출 건 중에 예컨대 사무용품을 인터넷으로 구매할 경우가 있을 때 교회 재정을 절약하기 위해 내가 사용하는 방법 중 일례를 소개하면 이렇다. 우선 구매하려는 제품의 해당 가격이 어떤가 하여 사이트에 들어가서 검색하여 찾는다. 이 경우 같은 정품일지라도 여러 다른 판매처를 검색하여 비교 검토 후 같은 제품이라면 가장 저렴한 가격으로 구매하곤 한다. 만약 평소 구매 가격보다 높은 경우에는 조금 더 수고가 따르더라도 다음 날 재검색하며 저렴한 쪽을 찾을 때도 있다. 이는 사람이 쪼잔해서가 아니다. 그렇다고 교회 재정이 열악해서도 아니다. 이렇게 하는 오직한 가지 이유가 있다. 그것은 교회 재정의 불필요한 누수를 막아 단 몇 푼이라도 절약하고자 하는 목회자가 가진 재정관의 발로(發露)에서다.

돌이켜 보니 지금까지 어느 곳에서 목회하든지 사례비가 적어 쪼들려본 적이 없다. 가는 곳마다 부채가 있는 교회는 부채를 갚거나, 교회 재정이 마이너스였던 교회는 플러스로 바뀌었다. 그리고 몇 년이 지나 다른 교회로 임지를 이동할 때는 수천에서 수억까지 적립을 해놓고 떠났다. 이는 하나님의 은혜요, 그 은혜에 감사할 따름이다.

그런데 실제 성도들이 교회 재정에서 어느 제품 하나를 구매했을 경우 지출하는 것과 비교해보면 작게는 수천 원에서 수만 원까지 차이가 나는 경우가 있었다. 나아가 비록 큰 공사가 아닌 작은 공사를 하는 경우일지라도 지금까지 수백만 원의 비용 절감 효과를 봄으로써 불필요한 교회 재정 손실을 막아 재정을 최대한 늘릴 수 있음을 경험하기도 했다.

이처럼 조금만 더 수고하거나 교회 재정을 내 호주머니에서 지출되는 것 이상으로 애정과 섬김의 마음을 가지면 매년 교회 재정의 플러스 효과를 가져오게 된다.

이 절약은 목회자만이 아니라 지출 건이 따르는 모든 부서 담당자 역시 함께 조금만 수고하고 신중하면 할 수 있는 목록들이 많다. 그런 몇 가지를 제시해보면 다음과 같다.

교회용 자동차 보험료 비교 견적, 교회 공사 건이나 자동차 수리 시 비교 견적 후 시행, 사무용품 구입 시 가격 성능 비교 후 구입, 담임자 승용차 유류비 절약 방안 장거리 대중교통 이용, 외부 강사 초청 시(숙박, 식사) 자발적 대접, 회의나 기관별 회식

비를 공금이 아닌 기꺼이 자부담 내지는 섬기는 분들이 늘어나는 훈훈한 분위기 조성 등이다.

없을 때야 물론 근검절약하지 않을 수 없겠지만 넉넉하기에 어쩌면 더 근검절약 정신이 필요하다고 본다. 그렇지 않으면 도리어 넉넉하기에 힘든 것을 몰라 절제가 안 된 나머지 부패할 수 있고, 없는 자의 고통을 진정으로 공감할 수 없기 때문이다.

근면과 근검절약 내가 먼저 앞장서야 하고, 교회가 본을 보여야 한다. 구시대의 낡은 정신이라고 냉대하며 치부될 일이 아니다. 풍요의 시대에 사는 우리가 엄연히 계승해야 할 존엄한 가치요 정신이다.

교회는 각자도생 아니다

각자도생(各自圖生)이란 말은 '각자가 스스로 살아갈 길을 꾀한다'는 뜻이다. 이 말은 조선왕조실록에 등장하는 표현으로, 임진왜란 당시 국가가 백성을 구하지 못하자 각자 살길을 찾는 데서 유래되었다고 한다. 따라서 각자 스스로 살기 위해 도망간다(各自逃生)는 또 다른 표현으로 쓰이기도 한다.

연합이라는 이름의 모임이 각자도생에 머문 이익집단의 끼리끼리 모양새인 경우가 있다. 예컨대 교단과 신학, 연합기관의 이름을 들여다보면 또 다른 연합기관이 한둘이 아니다. 온갖 이해관계를 초월하지 못하고 몇몇이 모이다 보니 그렇다.

그렇다면 한 개체 교회 안에서는 어떤가? 역시 크게 다르지 않다. 세상처럼 자기 마음에 맞는 사람끼리는 잘 어울리고 친하지만 그렇지 않으면 남남이다. 이를 탈피해야 하는데 쉽지 않다. 그 이유 중의 하나가 세상에 빠르게 접속된 문화적 분위기 때문이고 더 근본적인 이유는 복음이 무언지를 제대로 경험하지 못했기 때문이다.

우리가 사는 이 시대는 이미 아이폰, 스마트폰, 인터넷, 즉 '접속'의 시대다. 상호인격적이고 또는 공동체 그리고 하나님과의 만남이 통상적으로 이루어지던 '접촉'이 아닌 이런 접속의 시대가 지난 3년간 코로나 팬데믹이란 괴현상을 경험하면서부터 더 가속화되었다. 이런 삶은 세대와 지역 종교 이념을 초월하여 전 영역을 강타했다. 예컨대 학교, 직장, 중대 회의 등을 함에 있어서 사람을 직접 만나지 않고도 얼마든지 홀로 초중고대학 강의를 할 수 있었다. 재택근무도 가능했다. 화상 회의, 줌(zoom) 회의로 할 수 있었다.

특히 지난 정권 때 정부가 교회를 대상으로 영상 시스템 비용을 제공하겠다 하여 2021년 전국에 퍼트린 용어인 '대면 예배'니 '비대면 예배'니 하는 용어가 언론에 회자하면서 상용화되기 시작했다. 이때 교회는 신학적으로 검증하거나 진지한 검토도 거치지 않은 채 무분별하게 일제히 받아쓰기 시작했다. 이에 따라 교회는 속수무책 별 저항 없이 따르게 되었고 예배에 대한 개념이 순식간에 희석되기 시작했다. 그 결과 예배 인원 및 모임이 현저하게 줄어드는 큰 손실과 그 여파의 후유증은 지금까지 남아 있다.

우리 사회는 오래전 보편적 가치, 즉 법으로 규제할 수 없는 암묵적으로 통하는 규범과 함께 고유한 미풍양속, 그리고 시대가 바뀐다고 해도 보전할 만한 소중한 무형의 자산들이 있었다고 본다. 예컨대 대가족제도, 효 문화, 공동체 중시, 협동정신, 상식, 예의범절, 양심, 도덕과 윤리의식, 남녀 성문화….

아울러 기독교 복음이 전파되면서 교회가 계속 권장할 만한 좋은 전통도 많았다. 금주 금연 운동, 경건 절제 운동, 순결 프라미스, 창조질서 보존, 하나님이 세우신 가정, 신성한 결혼—교회, 목회자 등등.

그런데 언제부터인가 기존 질서를 해체하는 포스트모던의 사회가 되면서 나아가 반기독교적인 탈기독교화까지 서슴지 않는 시대다. 따라서 위에서 언급한 것처럼 교회 일원이나 교회에 접속되기보다 AI 챗GPT에 접속하여 살아가는 흥미에 취해 있다. 결혼도 그리스도인, 비그리스도인 상관없이 탈교회주의로 목회자 없이 하나님을 구하는 기도 하나 없이 둘이 좋으면 상관없다. 교회 정서나 주위의 정서보다는 자신이 중요하다. 극단적인 이기주의 시대 나노 사회의 특징이다. 이렇게 가면 교회도 각자도생의 시대가 올지 모른다.

교회는 내가 필요해서 찾을 뿐 관심에서 멀어지면 언제든지 외면할 수 있다고 여긴다. 이는 주님을 간접적으로 이 땅에서 경험케 하는 교회공동체라는 사실을 제대로 학습하지 못한 사람에게 나타나는 행태다. 진정 복음이 필요하고 주님이 필요하면 절대로 그럴 수가 없다. 복음을 거부한 초고속 정보통신과학, 복음을 무시한 지식, 복음을 외면한 의학, 복음을 무시한 가정, 예수 그리스도의 몸인 교회를 경솔히 여긴 개인도 가정도 나라도 희망이 없다는 사실을 잊지 않고 사는 게 잘 믿는 길이다.

참신한 목사론

예수를 나의 주인 되게 하는 삶을 산다는 건 무엇일까? 이 말은 다른 말로 '나는 왜 목회자가 되었는가?'와도 같은 등식이다.

구별된 때깔과 근사하게 마련된 식장에 마음에도 없는 다수의 회중석 박수갈채를 받기에 화려하게 돋보이고 싶은 취임식?

식상한 달변(達辯)과 특유의 카리스마로 회중의 시선을 사로잡아 가히 침범하기 힘든 의장석?

나리 행차와 버금가는 수행원 대동하고 이곳저곳 행차할 때마다 챙겨주는 짭짤한 거마비?

유관 단체의 여러 기관장 뭇 직함을 꿰차게 되는 폼 있는 자리 등 스포트라이트 받는 자리에서일까?

할 수만 있으면 이런 것들을 선호하는 것은 대체로 부인할 수 없는 바람이리라.

그러나 나는 그런 바람과는 달리 무능하다고 비난할지 모르나 실제 그런 것들이 거북스럽고 불편하다. 따라서 제도권에 들어가서 겉으로는 교단, 연회, 지방을 위할 수도 있겠지만 지금처럼 비제도권, 즉 내가 처한 자리에서 한 달 살기 빠듯한 살림에 내 호주머니를 털어가며 감리회 거룩성 회복을 위한 선봉에 서서 섬기는 게 자연스럽다. 물론 그래도 또 의심하는 자들은 '흑심을 품은 정치적인 모임 아니냐?'라고 게시판에 글로써 빈정대기도 한다. 그런 자들은 항상 있기 마련이라고 여겨 그러려니 하고 만다.

　　지난 2020년 7월부터 감리회 거룩성 회복을 위한 취지에 공감하던 신실한 목회자 몇 분들이 모여 기도회로 시작했던 '감리회 거룩성회복협의회(이하 감거협)' 모임을 지금까지 28차례 세미나와 기도회를 개최하면서 지난 2023년 7월에는 『신학자, 법률가, 의학자 16인이 본 동성애 진단과 대응 전략』이란 전문서적을 감거협에서 편찬하는 쾌거를 이루었다.

　　감거협을 발족하게 된 이유는 최근 교계와 세간에 성경을 부인하고 비윤리적인 주장 등 복음을 이탈한 동성애 찬성론자들, 퀴어 신학을 가르치는 신학교에 대한 위기를 접하면서부터다. 이에 대해서는 내 몸 사리기보다 결코 침묵하거나 방관할 수 없어서다. 그렇다고 목적쟁취를 위해선 수단과 방법을 가리지 않는 것을 경계한다.

　　세몰이와 사리사욕에 밝고 목회자의 순수성보다는 소기의 목적 달성을 위해 코스프레에 능숙한 그런 부류에 섞이고 싶지도 않아서다. 편 가르기, 줄 세우는 그런 곳에는 더더욱 관심 없다.

겉으로는 허울 좋은 복음이요, 교회이고, 교단을 위한 듯하면서 명예욕에 사로잡힌 허세와 공치사도 거부한다. 이런 이중성과 복선의 신물 난 모습을 보며 스스로 경종을 울리며 내린 결론 그것은 이것이다. 즉 '목사 위에 목사 없다.' 따라서 '목사라는 명예로 족하다'라는 목회관이다.

우선 불필요한 명예나 높임 받고자 하는 자리를 욕심부리거나 선호하지 않으려 한다. 동시에 나를 보는 자가 없다는 착각에 빠지지 않도록 '하나님이 보고 계시다' 하는 자세로 나 자신에게 스스로 엄한 감독관이 되어 아무 데나 함부로 다니지 않고 나태하지 않으려 노력한다.

내가 준회원 서리 때만 해도 '감리회는 연금이다'라는 말은 귀에 따가울 만큼 많이 들었던 얘기다. 그런데 최근 몇 년 전부터 교회 개척이 거의 사라지고 준회원보다는 대부분 정회원 목회자가 다수가 되면서 한 지방 안에서도 신참 선배를 무시하고 지방 전입 순을 주장하는 연금 낮은 후배들이 터줏대감 행세하는 당돌함을 접하게 된다.

그런 자들에게는 경찰 고위직이나 법조계, 그리고 의사 세계의 조직을 들여다보고 배우라고 권면해주고 싶다. 높은 경쟁을 뚫고 선발된 실력 갖춘 그들 세계에서는 기수를 존중히 여긴다는 점에서 그렇다. 기수에 따라 승진도 이루어진다. 그들은 적어도 경박하게 처신하지 않는다. 따라서 하극상의 풍조가 거의 없다. 그러므로 진솔하게 내면을 들여다보면서 실력이 부족하다면 영력이라도 키워야 하고, 혹 영력이 부족하면 최소한 규칙을 지키고 겸손하게 있는 그대로를 인정하고 사는 게 차라리 참신해서 반길 수 있다. 물론 복음적인 설교를 위해 부단히 노력을 게을리하지 않아야 하는 건 목회자의 기본 중의 기본일 거다.

그러면 어떻게 해야 주님이 피 흘려 사신 교회를 위해 생산적인 에너지로 집중할 수 있을까?

'너나 잘해'라는 비아냥과 무관심을 버리고 깨어 일어나 서로 지나치게 생존경쟁을 하는 서바이벌(survival) 목회가 아닌 주님의 교회가 되게 하고, 복음이 복음되어 교회를 부흥케 하는 리바이벌(revival) 목회 현장의 마인드로 전환해야 우리 목회 현장이 산다고 본다.

병든 사회를 복음으로 치유할 성령의 터치가 임하는 생명력 있고 체험적인 천상의 목회(Heavenly ministry) 현장을 지향해야 한다.

부패한 힘은 분산시켜야 부패하지 않는다. 생산적 힘은 하나로 집중할 때 승법으로 확장된다.

그리하여 공동 우승하는 교회, 그런 목회자, 그런 한국교회를 만들어가기를 소망해본다.

목회의 큰 두 축

바울 서신을 읽을 때마다 바울이 내게 주는 크게 두 가지를 목회 현장에서 피부에 와닿을 정도로 절실하게 경험하고 있다.

첫째는 하나님과의 관계이다. 그것은 바울의 가장 중요한 중심사상이기도 한 '주(예수) 안에서(헬라어: 엔 크리스토스, 그리스도 안에서)'라는 용어이다. 이 말을 서신서마다 그는 얼마나 많이 사용하는지 모른다.

그 말 속에 바울의 인생관이 다 들어 있다. 그는 예수님을 만난 이후 주님을 떠나서는 자기 존재 가치와 의미를 발견할 수가 없었기 때문이 아닌가 생각해본다. 따라서 예수님보다 고상한 것은 없었다. 다윗과 같이 바울에게 예수님은 그의 삶의 전부였다. 자기가 가진 모든 것을 잃는다 해도 예수님만은 잃을 수 없었다. 그런 삶이었기에 살기 위해 복음을 믿는다거나 전한 것이 아니었다. 바울은 복음을 전하다 죽는 것이 더 유익하다고 말할 수 있었고, 복음을 전하는 일에 자신의 생명을 조금도 아끼지 않을 만큼(행20:24) 예수로 사는 일에 '올인'했다.

다른 직업은 몰라도 목회자가 되어야겠다고 하기 전 가졌던 생각은 돌이켜보면 일면 그러했다. 그러나 오늘날처럼 믿음이 삶의 수단으로 전락해버린 것과 비교하면 바울의 삶의 스토리가 마치 동화 속의 이야기로 들릴 만큼 부끄럽다.

바울은 주 안에 모든 것이 다 있다고 여긴 사람이다. 구차하게 생명을 견지하려고 하지도 않았다. 복음 전하다 옥에 들어갔을지라도 당당했고 옥문이 열려도 도망치기는커녕 간수에게 도리어 복음을 전하여 그 집안 식구 모두가 주님을 영접하게 했다. 총독 앞에서나 왕 앞에서도 조금도 주눅 들지 않고 도리어 심문하는 권력을 쥔 자들에게 예수님의 부활을 증거하는 데 주저하지 않았다.

나아가 로마 시민권을 가진 바울은 황제에게 재판받도록 요청하여 압송되어 가는 중 배가 폭풍을 만나 276명이 죽음의 두려움으로 떨고 있을 때 그들을 안심시키는 여유와 담대함은 주님 안에서 누리는 그의 평안함이 어떠한지를 극명하게 잘 증명해주고 있다.

바울은 주님 안에서 능치 못할 일이 없는 전설적인 믿음의 사도였고 기록된 말씀을 몸으로 증거를 보여준, 살아 있는 말씀이라고 해도 손색없는 사도였다.

다음으로 인간과의 관계이다.

즉, 바울이 복음 전파하는 일에 수많은 사람의 자랑스러운 이름들을 거명하고 있다는 사실이다. 하나님이 그런 사람들을 동역자로 붙여주신 사람들이다.

예컨대 로마서 16장에서만 무려 36명의 복음의 동역자 이름을 기록하고 있다. 이뿐만 아니다. 디모데후서 4장을 비롯한 각 서신서를 합해 볼 때 그 외에도 20여 명 이상의 또 다른 바울의 사역에 힘을 실어준 그 이름들을 밝히고 있다.

물론 그중에는 교회에 분쟁을 일으키거나 자기 배만 채우는 소수의 이기적인 자들, 말꾼이 되어 남을 미혹시키는 자들 그리고 심지어 바울에게 해를 끼치거나 양심을 저버리거나 믿음이 파선된 자들—후메내오, 알렉산더—의 불명예스러운 이름들이 없지 않다.

내가 목회를 해오는 과정 중에서도 지금도 헤어진 지 오래되었지만 목회에 큰 힘이 되도록 받들어주고 교회 충성되게 섬기되 말없이 몸으로 섬기던 이름들을 생각하면 지금도 종종 그들을 떠올리며 기도하게 된다. 교회에서 충성된 자들의 특징은 절대로 큰소리치지 않는다. 대신 기도할 때만큼은 그 에너지로 큰소리친다. 그리고 몸으로 물질로 충성하되 생색내지 않는다. 무슨 말을 해도 다 스펀지처럼 수용성이 좋은 사람들이 그들이다.

그러나 정반대로 회의 때만 되면 큰소리부터 치는 자들이 주로 정해져 있다. 대개 그들을 보면 개인이나 자녀 문제 등으로 상처가 많은 이들이고 지방이나 연회 활동을 해본 사람들에게서 주로 나타나는 확증편향을 가진 자들의 병리적 현상이다. 교회 안에서 공식적인 자기 위상이 상실되었을 때 덕스럽지 못하게 조용히 물러나는 대신 상대적 박탈감을 느낀 나머지 자기 존재 감을 드러내려 하는 일이 흔히 회의 때 드러난다. 예컨대 고함치고 비방, 막말을 서슴지 않는다. 한편 이에 동조하는 자들이 목적을 달성하기 위해 수단과 방법을 가리지 않는다. 이들의 마음에는 사울 왕과 같이 미움과 증오가 가득하고 매우 거칠고 공격적이어서 분쟁, 불화를 조장하는 일이라면 최선봉에 선 모습을 본다.

한편 바울이 위대한 사도가 될 수 있었던 그 배후에는 그가 주 안에 자신의 전부인 주님을 발견한 것은 말할 것도 없지만 빼놓을 수 없는 또 다른 축이라면 그를 받쳐주고 지지해주는 수많은 믿음의 동역자들이 있었다는 사실이다.

이에 앞으로 남은 주님의 목회가 되기 위해 내게 가장 바라는 것이 있다면 바울처럼 나의 영적 부모와 같은 스승과 아굴라와 브리스길라 부부같이 목이라도 내놓을 수 있는 동역자, 고난의 현장(옥)에도 함께 갇힐 만큼 감동된 마음을 가진 아리스다고와 에바브라와 같은 일꾼 세워 주님의 지상 명령이 차질 없이 증거 되는 것 말고 또 있으랴!

본질에 충실하면 변질을 막는다

이 세상을 살아가면서 인간이 행복을 추구할 수 있는 가장 중요한 가치체계를 들라고 하면 종교와 정치가 아닌가 싶다. 이 둘이 그 본질에 충실함으로써 긍정적으로 작용할 때 개인의 행복과 성취는 물론 다른 사람과 더 나아가 한 국가의 평안과 삶의 가치를 향상해주는 지대한 영향력을 끼친다. 종교는 신의 영역이고 정치는 인간의 영역이다. 고대로부터 한 국가 안에서 이 둘은 일치와 분리를 반복해왔다.

역사를 통해 돌이켜 보건대 개인이나 국가가 불행할 때는 인간이 신의 영역에 도전하고 거역했을 때였다. 정치 역시 헤게모니 가진 자들이 본래의 본질에서 이탈하여 독점화할 때와 같이 자기 도그마와 우상에 빠져 타락된 경우였다. 이들을 가리켜 종교 모리배(謀利輩), 정치 모리배들이라고 부른다. 따라서 종교와 정치가 타락한 경우에 그 여파는 개인은 물론 한 국가의 큰 혼란과 사회문제를 유발할 수밖에 없다는 것이 역사를 통해 배우는 교훈이다.

그런데 우리는 이런 일들을 오늘을 사는 이 시대에도 과거의 그런 역사를 여전히 반복하고 있다는 사실이다. 한마디로 진보와 타락을 반복하고 있는 셈이다.

한번은 주일 낮 예배 후에 공동식사를 하면서 방문객 부부를 만나 이야기를 하던 중에 수년 전부터 각 지역에 골머리를 앓고 있는 신천지에 관한 문제를 듣게 되었다.

그 부부는 군포에서 온 분들이었고 고등학교 다니는 두 딸과 함께 교회 근처 기숙학원에 한 달 정도 공부시키려고 왔다 주일 예배에 참석한 것이다.

대화를 나누다 보니 부부 중에 남자 집사가 자기가 아주 친하게 지내던 누나와 함께 신천지에 잠시 발을 들여놓은 적이 있다고 말했다. 그런 그가 아는 누나는 모 정규 신학대학 출신이라는 것이다. 그런데 이 집사는 한 때 신천지에서 공부하다 어느 단계에 가서 성경과 다르게 해석하는 것을 알고 빠져나왔다는 것이다.

그러나 그 친한 누나는 그의 말에 의하면 현재 부천에 있는 모 교회에서 버젓이 교육전도사로 활동하면서 청년들과 학생들에게 신천지 교육을 주입하고 있다는 안타까운 소식을 들었다. 문제는 다니는 교회 이름을 가르쳐주지 않기에 어떤 교회인지를 모른다는 것이다. 하지만 그의 전화번호와 실명을 나에게 알려주었다. 내가 하는 말이 그 누나의 집도 안다고 하기에 "그러면

한 주 집사님 교회에 못 가더라도 아침 일찍 그 집 근방에 잠복해 있다가 추적을 하시라" 조언을 해주었다.

종교의 폐해가 바로 이것이다. 그들도 성경(바뀌기 전 개역 성경)을 사용하고 예수님도 말하지만 기존 교회를 부인하고 자기 가족에게까지 마치 전투를 선언하고자 나선 자들과 같다. 예수님은 좋은데 이토록 성경해석과 교만과 교주 우상에 빠지다 보니 목적 달성을 위해 수단과 방법을 가리지 않는다. 예컨대 이 집사와 나눈 대화에서 신천지가 주장하는 궤변 중에 거짓말을 정당화한다는 것이다. 우리가 흔히 사용하는 '선의(하얀)의 거짓말'이라고 하는 말도 이런 점에서 위험하다.

신천지 전문 강사나 거기에 자녀가 빠진 부모들의 하소연을 들어보면 '한마디로 신천지는 숨 쉬는 것만 빼고 거짓말한다고 보면 된다'라는 말을 듣곤 한다. 이들은 평화롭던 교회에 기존 교인들과의 사이는 물론 교회를 찾는 새 가족들에게까지 불신과 거짓과 모함과 비방을 덧뿌려놓고 간 원수와 같다.

종교가 교리주의에 빠져 오만하여 타락하고 왜곡되면 이처럼 가정이 파괴되고 자녀가 부모를 버리기까지 하는 반사회적 반윤리적 집단으로 전락하고 만다는 뼈아픈 실상이다. 그래서 최근에는 예전과 달리 세상 사람들이 그리스도인들을 비롯한 종교를 선호하지 않는 경향이 짙다.

이런 때에 우리 그리스도인이 수없이 진지하게 자신을 잘 돌아볼 필요가 있다. 기독교를 비롯한 종교는 우리 정신을 건강하게 만들 수 있어야 정상이다. 기독교 신앙은 남과 불화하여 싸우고 불법으로 이기고 취하는 것이 아니라 화해하고 화합하고 내가 지더라도 상대방을 이기게 해주는 데까지 나아가야 정상이다. 아무리 불리하고 손해를 입더라도 진실을 속이고 거짓을 정당화하는 태도는 기독교인이 아닌 비정상을 걷는 종교 모리배(謀利輩)들의 속셈이다.

밤낮 성경만 보고 기도한다고 하면서 사회생활이 전혀 안 되고 종교 중독 증후군처럼 거기서 헤어나지 못하고 그것밖에 모르고 산다면 이것도 역시 건강하고 정상적인 기독교인이라고 하기엔 거리가 멀다.

다시 말해 종교는 좋지만 종교주의, 교회는 좋지만 교회주의, 예수님은 좋지만 교주 신봉의 우상화에 빠진다면 그 종교가 주는 악과 폐해는 이루 말할 수 없이 크다.

이런 점에서 우리가 섬기는 교회는 안전한가? 건강한가? 정상적인가? 하는 물음에 대한 지속적인 고민과 함께 책임을 통감하게 된다. 이에 간혹 성경을 속 시원하게 알려준다고 하는 매혹적인 현혹에 속지 말고 자신이 섬기는 교회에서 차근차근 바르게 배우려 하자! 또 배운 만큼 순종하여 실천하자! 그리하여 건전한 신앙 자세를 가지고 지고(至高)의 선(善)을 향한 주님의 가르침에 따르는 것이 필요하다고 본다.

그러면서 그 집사님과 헤어지기 전 그가 나에게 마지막 건넨

일침이 귀에 쟁쟁하다. "목사님, 이렇게 저와 같이 말하는 사람이 혹 신천지일 수도 있습니다. 이럴 정도로 신천지는 완벽하게 자기를 속입니다. 조심해야 합니다!"

복음을 전염시키는 예수꾼

2018년 아들이 고등학교 다니던 때 학교 기숙사 사감 선생님으로부터 전화가 걸려 왔다. 아들을 데리고 병원에 가서 진단하니 A형 독감으로 판명되어 전염되지 않도록 격리 차원에서 귀가해야 하니 데리고 가야 한다는 소식이었다. 시간도 그렇고 하여 그 주변 몇몇 대형 병원에 전화하여 입원할 수 있는 병실을 수소문하였다. 그러나 그나마도 병실이 없었다. 이에 그 병원에서 아침까지 영양제 주사를 맞으면서 아침을 기다렸다 집으로 오는 방법을 택하도록 했다.

아들은 결국 귀가 조치를 받아 집으로 왔으나 집에서도 우리와 같이 지낼 수 없었다. 다른 사람과도 접촉을 피하느라 교회 예배당 유아실에 독방(?)을 마련하여 이곳에서 먹고 자고 공부하는 외로운 신세가 돼버렸다.

이뿐 아니다. 그다음 주가 시험 기간이라는데 1주일간 학교도

가지 못한 채 육체적인 고통만이 아닌 정신적인 부담까지 가중
될 수밖에 없는 모습을 보니 안쓰러웠다.

독감, 전염병, 격리, 고통, 손해 등… 이것이 독감으로 인해 발
생하는 좋지 않은 결과를 가져다주는 나쁜 영향력이었다.

그러면서 사도행전 24장을 새벽 말씀을 전하다가 문득 한 주
일 전 아들의 모습이 떠올라 오버랩(overlap)했다. 그것은 독감 바
이러스와 다른 좋은 영향력이었다.

여기에 보면 바울을 고발한 군중 편에 서 있는 더둘로라는 변
호사가 벨릭스 총독에게 4가지 죄목을 밝히고 있다. 그 네 가지
는 '전염병 같은 사람이다. 유대인을 소동하게 하는 소요죄를 일
으켰다. 나사렛 이단의 우두머리다. 성전을 더럽게 한다'이다.

그러나 사실 이후 기록된 말씀을 보면 이에 대해 바울이 소명
하고 있는 내용의 중요한 핵심 요지는 단 한 가지이다. 예수님의
부활, 죽은 자의 부활 증거 때문이었다. 이미 사도행전 23장에서
율법 문제에 관한 것이지 실정법인 로마법에 저촉되어 바울이
재판받을 이유가 없음을 천부장도 스스로 고백했던 바였기 때문
에 이들은 결국 바울의 죄를 앞에서 언급한 4가지로 누명 씌운
것—조작—이라고 할 수 있다.

이 죄목을 보면서 내 마음을 사로잡은 것은 바로 그 4가지가
예수님이 당하신 죄와 유사하다는 사실이다. 예수님은 3가지 조
작된 실정법 위반의 죄목으로 고발당했다. 예컨대 '백성을 미혹
한다(소요죄), 가이사에게 세금 내는 것을 금한다, 로마 황제 외

에는 왕이 없는데 자칭 왕 그리스도라고 한다'(눅23:2) 이 3가지를 잘 들여다보면 바울도 예수님이 고발당하신 죄목과 맥락을 같이하고 있다는 생각을 하게 된다.

자! 다시 바울이 당한 4가지를 찬찬히 들여다보자. 전염병이라는 비난이다. 복음은 죽은 우리를 위해 예수님이 십자가에 달려 돌아가심으로 우리를 살리셨다. 이 예수님이 복음이다. 이를 믿는 것이 구원이고 축복이다. 바울은 이 복음을 전파한 것이다. 아니 그들의 표현 방식으로 전염시켰다. 내가 말씀을 전하면서 부끄러웠던 건 바로 이 점이다.

과연 복음을 전염시키고 있느냐이다. 삼복더위든 영하 10도가 오르내리든, 눈이 오든 비가 오든 파라솔 피고 서울 송파문화회관 앞에서 매주 노방전도 하던 그 열정이 지금 식은 것 같아 마음 아프다.

두 번째 죄목은 소요죄이다. 바로 내가 사는 주변이나 지역에 거룩한 소동을 과연 일으키고 있는가에 대한 물음이다. 교회가 있어도 예수님을 믿는다고 하면서도 아무 영향력도 없고 믿는지 안 믿는지조차 알 수 없을 정도로 주위 사람들에게 비치는 모습들이 부끄러웠다. 복음이 있으면 절대 조용하지 않다. 예수님을 믿는 우리로 지역에 거룩한 소동을 일으킬 때 복음을 믿는 우리가 진짜가 아니겠는가?

세 번째 나사렛 이단의 우두머리라는 비난도 그렇다. 어쩌면 이 비난은 최근 이단들이 가장 좋아하고 자기 합리화로 남용하는 성경적 근거라고 우길지도 모르겠다. 그러나 바울은 이럴 만큼 철저히 예수님을 확실히 증거하는 예수꾼이었음을 밝혀주고 있다. 다만 우리는 좋은 의미로 핀잔받는 예수쟁이, 예수꾼이어야 하지 않을까? 예수님 믿고 전하는 일에 있어서 전문가라고 할 만큼의 높은 자존감이 필요하다.

그리고 유대주의자들이 바울이 부활을 가르치고 증거하다 받았던 성전을 더럽히는 자라는 비난을 우리는 두려워할 필요가 없다고 본다.

그들이 원하는 하나님만 이야기했다면 바울은 아무 문제가 없었을 것이다. 그러나 그들이 싫어하는 십자가와 부활을 전함으로 당한 심문과 채찍 맞음과 투옥과 살해 위협이 아니었던가?

사실 바울이 성전을 더럽힌 것이 아니라 종교지도자들, 유대주의자들에게 그 화살이 돌아가야 마땅하다. 그렇다면 내가 전하고 있는 성전은 더럽혀지지 않고 깨끗해져 가고 있는지에 대한 반문이었다.

어쩌면 사람들의 귀에 거슬리는 것은 다 빼버리고 혹시 솜사탕 복음이나 감로주같이 단 것에만 길들도록 제공하는 것이야말로 성전을 더럽히는 것과 다를 바 없다는 내면의 책망과 함께 새삼스럽게 돌아보게 하는 한 주간이었다. 이에 스스로 4가지를 자문해본다.

예수님 전하다가 고발을 당해보았는가? 복음을 전염시킬 만큼 살리는 영적 바이러스를 퍼뜨려 지역과 나라에 영향력을 미칠 거룩한 소동으로 살아가고 있는가? 목사로서 세상의 수많은 탁월한 전문가들처럼 예수님에 관한 한 최고 전문가로 인정받고 있는가? 그리고 마음의 성전은 과연 깨끗한가에 대한 물음이 바울이 고발당하여 누명이 씌워진 4가지 죄목이 주는 위대한 교훈이다.

섞임 주의보

섞이면 먹을 수 없고, 쓸 수 없고, 타락하게 되는
게 한둘이 아니다.

이를테면 샘물이 도랑물에 섞이면 음용수로 부적합 판정.
순종이 잡종과 섞이면 순수성과 야성을 상실.
가을 찬바람에 잎새들이 물든 단풍은 아름다운 볼거리나, 세
속에 물들어 무늬만 있는 기독인은 맛을 잃은 소금이라.

이렇듯 복음을 우상과 혼합하면 부패와 타락과 멸망의 선고이
다. 다양성 속의 일치로 어우러져 조화를 이룬 한 몸 공동체인
교회.
주님도 이 땅에 사는 제자들이 하나 되게 해달라고 기도할 만
큼 교회가 추구해야 할 핵심 가치는 하나 됨이다. 그 여부에 따
라 교회의 존재감도 생명력도 쇠퇴, 정체, 성장의 기로에 서게

된다.

이 땅의 교회는 무결점 아닌 불완전함의 합집합이다. 그렇기에 극단적 자아 중심에서 하나님 중심으로의 가치 이동, 자기 부정의 십자가 교집합으로써만 음부의 권세를 이길 수 있다.

갈수록 삶의 의미 상실과 가치관 부재로 공허하고 혼돈한 세상에 희망의 마지막 보루, 그리스도의 몸으로써 충실하게 사명 수행하는 피 흘려 사신 교회여야 하리라.

기술 자격증 전도 자격증

직장과 직업에 관한 인식이 수년 전부터 달라지면서 지금은 평생직장이 아닌 평생직업으로의 전환이다. 따라서 어느 직장도 자신을 평생 보장하는 곳은 흔치 않다. 최근 들어 피부로 느낄 수 있는 것처럼 명퇴하는 사람들이 늘어가고 있는 것은 현 세태를 말해주는 단적인 실례다. 대신 가지고 있는 재능이나 전문 직종의 자격증을 가지고 있을 때는 평생직업을 누리며 살아갈 수 있다는 점에서 그러하다.

내가 가지고 있는 자격증은 3개가 있다. 모두 기술 자격증 1, 2급이다. 벌써 40여 년 전에 취득한 자격증들이다. 이 중에 1급 자격증은 오래전 한전 재직 시 월급에 가산점이 붙어 얼마씩 자격수당을 받은 일명 효자종목 자격증이었다. 그 당시 이 자격증을 취득하기 위해 이론과 실기를 준비하느라 꽤 열심히 했고 그때 여러 번 치른 우리 반 동료들의 이론 점수는 매번 그 시험점

수와 순위가 공개적으로 발표된 적이 있다. 그 당시 현재를 떠올릴 때마다 내 어깨가 으쓱 올라갔던 적이 있다.

또한 면허증의 경우도 누구나 거의 소유한 운전면허증을 제외하고 또 다른 면허증이 있는데 교사면허증이다. 역시 이 면허증으로 나는 한전이란 직장을 선택하기 전 당시 부산 한독 직업훈련원(현재 이름은 폴리텍대학 동부산캠퍼스, 1971년 설립: 대통령령 제5860호 독일 정부 지원) 교사로 발령을 받았던 적이 있다. 그러나 최종적으로 한전을 선택함으로써 그곳 교사는 다른 동료에게 돌아갔다. 그러나 그 이후 잠깐 춘천 폴리텍대학(당시 춘천직업훈련원) 교사로 근무하기도 했다. 이렇게 할 수 있었던 이유는 학과시험과 면접을 통과한 것은 물론이고 여기에 필수적인 직업훈련 교사자격증이 있었기 때문이었다.

이처럼 자격증과 면허증은 내가 좋은 직장에 근무하기 위한 매우 긴요하고 필수적인 구비 조건이었다. 그러기에 그것을 취득하기 위해 나는 누구보다도 밤낮으로 무척 열심히 했던 기억이 지금도 어렴풋이나마 생생하다. 그러나 세월이 지나 목회의 길로 삶의 방향이 바뀌면서 지금 그런 자격증과 면허증은 이른바 장롱 면허증, 또는 어느 한구석에 보관한 명목상의 면허증으로 잠들어 있다.

그 대신 다시 새로운 자격증을 가지고 살아가고 있다. 그것은 대학부터 따진다면 최소한 10여 년의 교육과정과 훈련 그리고 시험을 거쳐 전도사 과정에 이은 목사 안수 자격증이다.

이 자격증에 들어 있는 가장 중요한 의미가 무엇일까? 그것은 말할 나위도 없이 하나님께 죽어가는 영혼을 전도하는 일이요, 이를 위해 잘 먹이고 사랑하는 일 하라고 과정을 거치고 자격을 거쳐 검증받은 자격증이라는 생각이 들었다. 그 자격증이 유명무실하지 않고 명실상부하도록 하는 일에 주님 부르시는 날까지 충실해야겠다.

에리히 프롬의 번역서 중에 『사랑의 기술(the art of loving, 1956)』이란 책이 있다. 다른 말로 '사랑은 예술이다'라는 원어이다. 그래서 어느 침대 광고가 이 말을 벤치마킹하여 침대는 가구가 아니라 과학이다라고 했는지 모르겠다. 이 책에서 에리히 프롬은 사랑의 5가지 속성에 대해서 말한다. 그 5가지는 그 사람에 관심, 존중, 책임감, 이해, 그리고 주는 것이다.

오래전 읽었던 이 책에서 전하는 사랑만이 아니라 전도가 정말 그렇다. 전도하기 위해서는 평소 주위에 잘 아는 사람이든 아니면 전혀 생면부지(生面不知)한 사람이든 다 같이 그들을 사랑, 즉 관심하는 것에서 출발해야겠구나! 하는 생각을 먼저 가져본다. 그리고 그들을 존중할 때 전도가 가능하겠구나 하는 생각이 든다.

누구든 스스로 존중받기를 좋아한다. 따라서 누군가로부터 존중받는다면 마음이 열려 호감을 느끼게 될 것이다. 또 전도는 그 영혼을 끝까지 영적 A/S를 보장할 만큼 책임 있어야 전도하는 나를 믿을 수 있을 것이다. 책임지지 못하는 사랑은 나중에는 일을 그르치는 풋내기 장난에 그칠 뿐이다. 계속해서 진정한 사랑

은 이해받기보다 먼저 이해할 줄 아는 성숙함이 필요하듯이 전
도하기 위해서도 그 사람을 이해하고 그 지역 정보를 분석하고
이해하려는 큰 노력과 땀과 시간이 필요함을 느낀다. 그리고 사
랑은 이해관계를 떠나 아낌없이 주는 것처럼 전도하기 위해서는
이익의 득실이나 상대방에게 받을 것을 계산하지 않고 역시 마
음을 주고 그들의 필요를 채워주고 또 줄 때 마음이 움직여지리
라 생각된다.

목회자나 성도에게 있어서 가장 우선할 일이 무엇인가? 두말
할 나위 없이 전도이다. 특별히 나는 몇십 년 전 교사가 될 수 있
었던 면허증이나 자격수당을 받을 수 있던 자격증을 버리고 이
제는 전도 자격증과 목사 면허증으로 양들의 길잡이가 되고 이
끌어가야 할 선생인 목사(牧士: 선비 '사')가 아닌 목사(牧師: 스승
'사')가 아닌가?

목회 중에 가장 기억에 남는 보람은 잠실 지방에서 목회할 때
매주 송파문화회관 앞에서 더운 여름에 파라솔 쳐놓고, 그리고
추운 겨울에는 텐트와 난로를 피우면서 커피와 차를 준비하여
전도하던 일, 그리고 청평역에서 아내와 함께 전도하던 일을 꼽
지 않을 수 없다.
그리고 또 목회의 큰 보람으로 손꼽을 만한 잊을 수 없는 건 오
랫동안 이혼한 두 가정이 극적으로 다시 합해져 행복한 가정을
이루게 된 데 대해 감사하다. 지옥 갈 영혼을 천국 소망을 갖도
록 생명을 살리고, 찢어지고 깨어진 가정을 다시 회복시켜 주는

일 이상 더 큰 보람이 어디 있으랴!

주님. 나부터 전도하여 전도하는 목사, 또한 전도하는 성도가 되어 전도 중심적인 교회가 되게 하옵소서! 그리고 매년 감소하는 한국교회에 전도 운동이 단지 구호나 몇몇 지도자들의 재임 기간 실적 쌓는 과시적 연례행사로 그치지 않고 실제적인 성장이 이루어지게 하옵소서!

신앙 해제?

코로나19로 인한 개인의 신체 사생활권의 자유 제한, 종교의 자유 금지 내지는 제한 등이 극심한 때가 있었다. 그로부터 시간이 지남에 따라 차츰 완화되기 시작하더니 2022년 9월 30일부로 해외 입국 시 PCR 검사가 폐지되었다. 나아가 요양병원 등 취약 시설 면회 금지 조치도 해제되었다. 이뿐 아니라 그 이후 외부 마스크 착용은 어디서든 또 대중 집회 인원에 상관없이 모두 해제되었다. 그리고 더 시간이 지나자 남은 실내 마스크 착용 제한했던 일정한 공간의 지하철, 버스 객실 등 실내에서도 착용 의무화가 전면 해제되었다.

이에 따라 우리나라는 약 3년 만에 실내외 마스크 의무 착용을 비롯하여 모든 사생활 제한 조치에서 완전히 풀리던 날을 기억한다.

그런데도 문제는 여전히 길거리 다니는 일부 국민의 정서는 그렇지만은 않음을 본다. 거의 벗을 줄 모르는 다양한 모습의 마스크 착용은 마치 디자인, 색상, 무늬 등에 있어 패션 아닌 패션처럼 돼버렸다. 어쩌면 마스크 완전해제에도 불구하고 지난 약 3년 가까이 겪어온 트라우마로 인해 탈 마스크 불안장애는 쉽게 해소될 것 같지 않아 보인다.

따라서 앞으로 예상치 못한 더 심각하게 집단화될 각종 사회 병리적인 불안 증상에 대한 포스트 코로나 해제 대책 방안은 코로나 질병 예방 및 퇴치에 소용된 노력이나 비용 이상으로 강구해야 할 것으로 본다. 왜냐면 아래의 설문조사가 일면 그 단적인 예를 보여주고 있다.

서울대학교 보건대학원 유명순 교수팀이 지난 2022년 8월 29일 케이스탯 리서치와 함께 공동 실시한 '실내 마스크 착용 의무화 관련 국민 인식 조사'에서 발표한 몇 가지를 보면 다음과 같다.

지금 해제에 어떻게 생각하느냐에 대해 '지금부터 완전해제 가능'(11.1%), '지금도 부분(단계)적 해제 가능하다'(43.9%)로 55%가 해제에 찬성했다. 반면에 '지금은 해제 불가능'(35.0%), '해제는 절대 불가능'(6.8%)이라고 반대한 응답자는 41.8%로 해제 찬성 쪽이 더 높았다. 실내 마스크 착용 의무화 해제 가능 인식을 조사했다. 이에 남성(63.5%)이 여성(50.1%)보다 높았고 연령별로는 20·30대 64.6%, 40·50대 56.6%, 60세 이상 49.2%가 실내 마스크 의무화 해제가 가능하다고 답변함으로써 나이가 젊을수록 높게 나타났다.

한편 의무 사항이 아닌 권고 전환 시 마스크 착용 의향에 대한 질문에 '내 의지보다는 주변과 소속 집단의 분위기에 맞추게 될 것'이라는 답이 30.7%나 되었고, 역시 같은 질문에 '해제 여부와 별개로 나는 계속 실내 마스크 착용하겠다'라는 사람이 30.4%, 반면에 '잠시 착용하겠지만 결국 착용하지 않게 될 것'이 29.6%, '즉각 마스크를 착용하지 않게 될 것'이 7.6%로 조사되었다.

이 대목이 내가 주목하는 이유다. 약 6:4 정도로 마스크 착용 의무 해제를 공포할지라도 계속 착용하겠다는 사람들이 더 많이 나타나고 있다. 이 결과를 보면서 '다른 사람을 위해 마스크 착용하고 다른 사람 위해 백신 맞는다'라는 공공연한 말들이 얼마나 오랫동안 국민들에게 부지불식간에 학습되었는가를 알 수 있고, 여기에 주위에서 생명을 잃는 사람들을 보면서 심리적인 불안 요소가 뿌리 깊이 작용하고 있지 않았는가 나름대로 생각해 본다.

그러면서 이런 학습과 심리적 압박을 가진 국민, 특히 그리스도인 중에 이처럼 마스크를 벗을 줄 모르는 심리적 요인이 신앙생활에 미치는 영향은 어떻게 나타나고 있는가 질문하지 않을 수 없다. 왜냐면 마스크 착용이 국민 스스로가 자발적으로 자신의 건강을 지키기 위해 출발했던 게 아니었기 때문이다. 코로나 이전의 마스크 착용과는 전혀 다른 개념에서 시작되었다. 다시 말해 지난 정부 때 지하철 안에서 마스크 착용, 미착용 승객들 사이에 구타 사건까지 발생하면서 그 이전에 없던 마스크 강제 착용 질병 관리법을 제정하여 100% 의무 착용하는 데 성공했다. 여기에 미착용자는 강제 승차 거부, 과태료 등 징벌조항까지 추가했다. 그런 세월을 3년 가까이 지내오면서 머릿속까지 세뇌된 상태에 이르렀다고 해도 과언이 아니다.

이처럼 교회와 개인의 신앙생활도 어김없이 총체적인 혼란이 이어졌다. 예컨대 교회 안에서도 착용, 미착용으로 인한 서로 간의 갈등과 불협화음으로 인한 예배의 혼란, 식탁 교제 사라짐, 소그룹 모임의 중단, 심방 제한 내지는 거부, 기도 모임 중단, 성찬식 중단 등 교회 내 전반에 걸쳐 가장 핵심적인 주요 활동에 심각한 악재로 등장했다.

이후 일부 교회에서 유튜브가 이런 모든 공백을 대신하거나 메꿔줄 것으로 여겨 이 방면에 발 빠르게 영상 시스템을 구축하여 대처하는 교회들이 늘어 확산하기 시작했다. 이 방안이 일부 대안은 될 수 있을지 모르나 이것으로 종전의 예배나 교회 흐름을 정상적인 궤도로 바꿀 수 있을지에 대해서는 나는 지극히 회의적이다. 이 시대 문화 콘텐츠를 선용하는 것은 유용한 도구이지만 또 다른 영적 바이러스가 침투할 수 있는 우려, 그것은 신령한 영적 터치를 기능적인 것으로 대체하는 건 매우 위험하고 본질에 타격을 받을 수도 있다는 점을 간과하지 말아야 한다.

극도의 첨단 과학이라지만 그 한계성으로 인한 사회적 불안감, 두려움, 불신, 세상 풍조나 유행의 문제에도 불구하고 교회 핵심적인 요소에 과연 영향을 받지 않을 만큼 건강한 성도로 마스크 착용 이전보다 더 활동적이고 모이기를 폐하지 아니하고 은혜 안에서 더 굳건하게 자라가고 있다면야 무슨 문제가 되랴.

따라서 서두에 문제 제기한 어언 3년 가까이 마스크 의무 착용으로 인해 자유민주주의 국가에서 사생활 자율권 보장이 아닌 지나친 통제와 강제한 사안에 대해 지난날 체제 순응하는 수동적 자세에 손, 발 입이 묶여 그 많은 한국교회 역할이 과연 어떠했으며 하나님 앞에 옳았는가를 정직하게 묻고 자성함으로 역사 앞에 참회 고백서를 내놓아야만 할 때다.

나아가 부끄럽고 잃어버린 지난 세월 다음 세대에게 더 이상 물려주지 않기 위해선 지금부터라도 살아 있는 진리를 가진 역사의식으로 반드시 깊은 잠에서 깨어나야만 한다. 마스크 해제 기다리다 참된 신앙 해제될까 하노라!

※ 이 글은 지난 2020~2022년 코로나로 인한 마스크 착용 해제에 따른 입장임

이 세대(아이온)의 흐름을
준비하지 못한 기독교

우리나라는 20세기 초 일제 강점기에 주권, 영토, 우리말 등 국민정신마저 빼앗기고 일제식으로 강요당했다. 이후 해방의 기쁨을 누리는 것도 잠시, 곧이어 6·25라는 동족상잔의 비극으로 전국이 초토화되었다. 생활의 터전은 물론 몸도 마음도 무너지고 가족도 잃고 피폐해진 이 민족의 수난사가 한 세기 안에 일어난 것이다.

그런 이 민족에게 재기의 희망, 잘살 수 있다는 믿음을 갖게 한 힘이 있었다면 그것은 다름 아닌 이 땅에 복음을 통해 듣게 된 "너희가 하나님을 찾으면 살리라"(암5:6) 하는 믿음을 가르쳐준 교회였다. 그런 교회는 육체적으로 병든 이 백성, 경제적으로 가난한 이 민족, 그리고 정신적으로 고통받고 살아가는 절대다수에게 하나님을 의지하게 함으로써 이 모든 눌림과 억압에서 자유롭게 하는 희망이 되었다.

살길을 찾은 기쁜 소식이 전해지면서 많은 그리스도인이 생겨났다. 이에 따라 기독교에 관한 관심이 당연히 높아질 수밖에 없게 되었다. 그뿐만 아니라 기독 서적들이 쏟아져 나왔다. 오늘날과 같이 인터넷 시대가 아니었기에 출판계가 호황을 누리게 되었다.

그런데 순기능의 역사가 많았지만 이와는 달리 역기능의 역사도 함께 섞여 유입되었다. 그중의 하나가 기독교 사상가들의 정신을 간과했다는 점이다. 즉, 일찍이 반기독교적 색채를 띤 사상가들의 책은 읽었으나 그들의 정신 사상은 미처 읽지를 못했다는 점에서 그 한 원인을 찾아볼 수도 있다.

다시 말해 미처 잘 알려지지 않은 사실 가운데 유명 저술가 중에 정작 일부가 친 동성애자로 밝혀져 적잖은 충격을 금치 못하게 된다. 예컨대 대표적인 사람이 『상처 입은 치료자』 책으로 잘 알려진 헨리 나우엔이다(국민일보, 2010년 11월 30일 자). 다만 그는 동성애를 다른 사람에게 조장하고 사회를 어지럽게 하려는 길거리 선동이 아닌 자신이 겪은 고통을 다른 사람의 치유를 위해 승화시켜 일부 지지를 받기도 한다. 그런가 하면 최근 세계적인 미래학자라고 일컫는 『호모데우스』의 저자 유발 하라리가 게이(gay)라는 사실은 익히 알려져 있다(경향신문, 2018년 8월 13일 자).

따라서 문제는 동성애와 종교 다원주의 속에 오늘날 6·8 혁명 노선의 성 혁명가들이 이를 이용하여 공격용 무기로 삼는 평등, 관용, 인권, 사랑, 환대라는 기독교적 용어 프레임으로 그럴싸하게 채색해서 신학화하고 현란한 수사학적 문서와 문화행사로 무지한 자들의 심령을 파고들어 가정이 무너지고 사회를 혼란케 하고 있다.

그러는 사이 대부분의 개체교회의 현주소를 돌아보면 지난날 소영웅주의 내지는 교회주의에 빠져 있음을 부인하기 힘들다.

그럴 만한 이유로 1970~1980년대 경제 성장에 여념이 없을 때 교회 또한 오직 복음 전파에 매진한 결과 교회 성장의 가속화가 진행된 건 긍정적으로 평가받는다. 그러다 보니 다른 한편으로 사회개혁을 외치는 자들을 향해 '우리는 복음만 전하면 되었지 세상은 관심 밖이다'라는 안일함과 교회 안에 갇힌 대부분의 교회가 한계성을 드러내고 만 게 오늘 이 지경에 이르게 되었음을 자책하지 않을 수 없다.

다시 말해 연합운동에 무관심했고, 교회 생태계가 처하게 될 6·8 혁명과 같은 서구의 반성경적인 사상전, 진지전, 문화전에 대해서는 무방비 상태였다. 깨어 준비하지 못한 결과 오늘의 위기에 봉착한 것이다.

이처럼 전자에 몰입해 시대를 향한 안목이 어두워져가는 사이에 후자는 오늘날 사회개혁을 외치는 좌파, 민주화, 인권운동을 하는 자들의 전유물처럼 되었다. 그리고 그들 스스로가 지금도 공을 세웠다고 자처하고 있다.

문제는 그들이 오늘날 극단적인 동성애 정당성을 주장하는 성혁명론자들이다. 나아가 이들은 끊임없이 진화하여 정치, 교육,

법조계, 방송 문화계 심지어 교계, 신학계 등 사회 전 영역에 이르러 장악하려는 게 그들의 목표다.

그러다 보니 '세상'이라는 헬라어 '아이온'의 새로운 이데올로기, 즉 문화 마르크시즘과의 문화 전쟁을 치르고 있는 형국이다. 성경에 이 '아이온'이라는 단어가 여러 번 나오는데 특히 두 곳을 주목할 필요가 있다. 첫 번째가 '이 세대'(롬12:2)라는 단어다. 두 번째는 한때 바울의 동역자였던 데마가 바울을 버렸던 이유를 '세상'을 사랑하였기 때문이라고 한 '세상'(딤후4:10a)이다. 즉 본받아서는 안 될 세상 풍조요, 따라가서는 안 될 육체의 정욕, 안목의 정욕, 이생의 자랑에 대한 대비를 한국교회가 준비하지 못했다는 뜻이다. 그것이 오늘 우리가 당하고 있는 온갖 반성경적이고 패역(悖逆)한 세상 문화이다.

이제라도 한국교회가 거룩한 방파제요, 최후의 보루로서 반기독교적 정서와 문화를 거부하고 이에 대처할 수 있는 실제적인 방안을 강구하는 일에 주저하지 말아야 한다.

이를 위해 무엇보다 거룩의 능력을 회복해야만 한다. 나아가 교회와 이 민족을 지키겠다는 결연한 연대의식을 통한 확장성이 절실하다. 그러기 위해서는 반성경적인 세상(아이온)에 빠지지 않기 위한 계몽과 각 교단이 퀴어 신학을 이단으로 규정하여 신학교의 건실한 신학 수업 등 교단의 정화 운동이 병행되어야 한다고 본다.

하지만 위에서 언급한 모든 것 위에 만시지탄이긴 하지만 앞으로 혹이라도 기우라고 할지 모르나 성경이 불온서적 내지는 금서가 되는 일이 없도록 독소조항을 내포하고 있는 차별금지법, 평등법 등의 통과를 반드시 막아내서 폐지해야 한다. 그러기 위해서는 이 악법이 22대 국회에서 안건 자체로 채택되지 않도록 한국교회가 대동단결하여 이 민족의 최후 방파제로서 한목소리 내기를 소망한다.

감리회의 모태 영국 성공회 현주소

지난 2023년 1월 영국 BBC에 따르면 영국 성공회는 회의를 열어 동성 커플 축복기도 허용 여부를 주교와 성직자, 평신도 250명 찬성, 반대 181명으로 통과시켰다고 보도된 적이 있다. 그러면서도 하지만 동성 결혼 자체를 인정하지 않는다거나, 사제가 이끄는 교회 결혼식은 계속 금지된다는 애매한 발표를 했다. 또 동성 커플 축복 기도를 의무로 규정하지 않는다고도 밝혔다.

이런 결정에 대해 영국 성공회 내 복음주의 지도자들은 "비탄과 경악을 금치 못한다"라면서 "결혼에 대한 성경적 가르침을 보존해야 한다"라고 강하게 반대 의사를 표명했다.

그런데 그 이후 또다시 영국 성공회가 성경에서 아무 이의가 없는 '하나님 아버지(God the Father)'라는 성경의 기록을 남녀 차별이라는 주장으로 문제를 제기하고 나섰다. 즉 남성을 뜻하는

'아버지(God)' 대신 성 중립적 호칭으로 고쳐 부르는 방안을 검토한다며 성경을 부정하는 심각한 주장을 하기에 이르렀다.

　이렇게 주장하는 근거로 교회 회의 성 및 성적 특질 그룹의 부의장인 헬렌 킹 교수는 "하나님을 아버지로 부르는 것은 다정한 부모에 대한 긍정적 경험 때문에 일부에서는 도움이 된다. 하지만 다른 이들에게 하나님을 아버지로 부르는 것은, 엄격한 훈련자로서 아버지에 대한 부정적 경험을 강화할 수 있다"라고 말했다.

　반면에 총회 회원인 이안 폴 신부는 "하나님에 대해 '남성 대명사'를 쓰는 것이 하나님은 남성임을 시사한다고 이해해선 안 된다. 이는 이단"이라며 "하나님은 인류와 달리 성을 구별하지 않는다"라고 반박했다.

　한국감리교회 모태가 된 영국 성공회가 지나치게 서구에서 실패한 성 혁명 사상에 물들어 성경에 정면으로 위배하는 불경한 주장을 계속하기 때문에 영국 성공회는 오래전부터 급격한 쇠퇴를 맞이하고 있다는 것은 이미 알려진 사실이다. 최근 포스트모던 사회의 다양성이란 풍조에 밀려 동성 커플 축복을 허용한 데 이어 예수님이 복음서 곳곳에서 하나님을 '아버지'라고 호칭한 이 당연한 표현 방식을 문제 삼고 있다. 이는 오늘날 성차별 프레임으로 성경의 권위를 부정하고 한낱 이데올로기 장으로 끌어들이려는 위험한 발상이 아닐 수 없다.

이런 일련의 사태를 접하면서 한국감리교회는 물론 한국교회는 영국 성공회가 그들 교회를 박물관 수준 내지는 기타 다른 용도로 매각해버림으로써 교회를 무너뜨린 뼈아픈 전철을 밟지 않기 위해서라도 동성애, 성 혁명과 같은 반윤리적이고 반성경적 사상은 단호히 배격해야 한다. 아무리 성 소수자 인권, 자유, 평등, 차별이라는 그럴싸한 용어 프레임으로 미혹할지라도 이런 유혹에 속지 말아야 한다.

따라서 앞으로 다음 세대를 위해 교육계, 특히 미션 스쿨은 물론이거니와 적어도 진정한 그리스도인이라면 성경의 절대가치를 왜곡하거나 부정하는 일에 맞서 복음의 증인으로 살아가고 있는지에 대한 물음을 각자 절실히 물어야 할 때다.

십자가는 사칙 연산이다

한글을 배우려면 14개의 자음과 10개의 모음부터 배운다. 우리 한글은 자음과 모음으로 이루어졌기 때문이다. 그리고 산수를 또 배울 때 가장 기초가 덧셈이다. 이것에 숙달되면 뺄셈으로 옮아간다. 나아가 구구단을 외워 곱하기와 나눗셈 이것이 산수다. 이 네 가지를 다른 용어로 사칙 연산이라고 부른다.

그런데 가만히 보면 우리가 사는 사회는 사칙 연산에 따라 살아갈 때 진정한 행복과 소망이 있다. 이 틀에서 벗어나면 가정을 비롯해 모든 공동체가 평화가 깨지고 소란하고 불행하다. 그렇다면 어떻게 사는 게 사칙 연산의 순리인지를 정리해본다.

첫째, 사랑은 플러스(덧셈)다. 서로가 2(이해, 용서) + 2(이해, 용서) = 4(사랑).

둘째, 미움은 빼기다. 5(오해) - 3(3번만 참고, 세 걸음 양보) = 2(이해)가 된다.

셋째, 슬픔은 누군가와 서로 마음을 나누기할 때 줄어든다. 슬픔은 나누면 줄어들고 기쁨은 나눌 때 커진다.

넷째, 하나님의 말씀을 따라 살면 수십, 수백 배 승법으로 세상을 이길 수 있다. 즉 다섯이 백을 쫓고, 백이 일만을 쫓게 하는 하나님의 승리 전법이다. (레26:8) 세상을 이겨야지 지면 세상 문화, 세상 유행, 세상 온갖 악의 종이 되고 만다. 성경은 세상이나 세상에 있는 것들을 사랑하지 말라. 하나님의 사랑이 그 속에 있지 않기 때문이라고 경고한다. (요일2:15)

위의 사칙 연산을 예수 그리스도의 십자가에서 모두 보여주고 있다. 왜냐면 예수님의 십자가는 사랑의 더하기 표요, 미움의 빼기 표요, 또한 위아래 점을 찍으면 우리 인간의 모든 슬픔을 지고서 나누기하여 제로로 만든 부호요, 그리고 기울여보면 십자가에 못 박고 희롱하는 수많은 군중에 대한 예수님의 승법 승리의 곱하기이기 때문이다.

이처럼 예수 그리스도를 믿고 이 순교적 신앙, 복음에 굳게 서 있는 교회는 사도행전에서 보는 것처럼 십자가의 능력이 나타나고 있다. 즉 믿는 자의 수가 삼천이나 더하여졌고 수가 점점 더 많아졌다(+). 스데반처럼 자신을 죽인 자들을 위해 죄를 지워버리고 그들에게 돌리지 마옵소서라고 기도하고 있다(-). 자신의 물질을 내놓는 나누기하는 성도들이 되었다(÷). 그리고 많은 사람이 모인 공회, 특히 높은 권력 앞에서도 결코 굴하지 않고 당당히 예수 그리스도를 증명하는 한 전도자의 승법(×) 승리를 볼 수 있다. 그러므로 십자가는 믿음의 사칙 연산이요, 인생의 사칙 연산이기도 하다.